**연하이고
남편이고
주부입니다만**

연하이고
남편이고
주부입니다만

초판 1쇄 인쇄 2020년 2월 1일
초판 1쇄 발행 2020년 2월 6일

글 왕찬현
그림 기해경
펴낸이 정해종

펴낸곳 ㈜파람북
출판등록 2018년 4월 30일 제2018 – 000126호
주소 서울특별시 마포구 양화로 12길 8-9, 2층
전자우편 info@parambook.co.kr **인스타그램** @param.book
페이스북 www.facebook.com/parambook/ **네이버 포스트** m.post.naver.com/parambook
대표전화 (편집) 02 – 2038 – 2633 (마케팅) 070 – 4353 – 0561

ISBN 979-11-90052-21-4 03810
책값은 뒤표지에 있습니다.

연하이고
남편이고
주부입니다만

밥하는 왕찬현 쓰고
돈 버는 기해경 그리다

파람북

닭백숙과 닭곰탕의 어긋난 운명처럼

자아마저 녹아내릴 듯한, 그야말로 혹독한 더위였다. 아무리 여름이라고는 하나, 이건 너무 심하잖아. 뉴스에서는 1994년 이후 최악의 더위라고 떠들어댔다.

누님 아내의 심신을 지키고자 연하 남편 주부는 팔을 걷어붙이고 야심작을 준비하기로 했다. 말복의 닭백숙. 백숙은 내가 가장 자신 있는 메뉴다. 국물을 우리는 데 시간이 걸릴 뿐, 한결 손쉬운 요리다. 하지만 보양식이라는 범주에 속해 있어 대접받는 이의 뇌리에 강하게 각인된다. 장을 보며 제일 신경 썼던 것은 삼이다. 대추와 밤이 포함된 가장 비싸고, 풍성한 삼을 구매했다. 사회생활로 지친 아내의 몸보신을 제대로 시킬 요량이었다. (사랑받기 위한 처절한 몸부림!)

직장인 아내를 오매불망 기다리며 백숙을 끓이던 백수 남편은 아내로부터 한 통의 문자를 받는다. "나 오늘 야근할 것 같아. 갑자기 일이 생겨서. 늦을 것 같으니 먼저 밥 먹어요." 청천벽력 같은 소식에 하늘이 무너지는 상실감을 느꼈다. 보고 싶은 그녀는 밤늦게나 온단다. 이제 현실적인 내적갈등이 시작됐다. '혼자 백숙을 먹을 것인가, 말 것인가. 그게 고민이로다.' 바람직한 가치관을 가진 남편답게 뽀얀 속살을 먹음직스럽게 드러낸 백숙보다는 아내와 함께할 시간을 택했다. 결국 홀로 처량하게 라면을 끓여 먹었다.

밤 11시. 아내는 무거운 몸을 이끌고 집으로 돌아왔다. 그녀에게 물었다.
"나우 백숙 야식 고?"
"(지친 목소리로) 노노. 지금 먹으면 속이 안 좋을 것 같아."
처참하게 거절당한 나는 시무룩한 채, 한동안 작은방에 칩거했다. 그런데 잠시 후, 어디선가 들리는 달그락거리는 소리. 수상한 낌새를 확인코자 부엌으로 달려가보니….

아니 글쎄, 아내가 혼자 백숙을 먹고 있는 것이 아닌가!

하늘이 두 번 무너지는 상실감을 느꼈다. 그녀는 닭다리를 지독히

도 맛나게 뜯고 있었다. 그것도,

혼

자

서

백수 남편의 비애가 이런 건가 싶기도 하고, 내게는 한 번의 권유
도 없었다는 사실에 배반감도 느꼈기에 우리가 함께했던 시간이
파노라마처럼 머리를 스쳤다. 내 속도 모르고 아내는 해맑게 다음
과 같이 말했다.
"자기야, 너~무 맛있어, 국물이 정말 끝내줘!"

순간 하늘이 세 번째로 무너졌다.

- - -

다음날 상처투성이로 얼룩진 마음을 간신히 붙들고, 여느 때와 마찬
가지로 아침 식사를 준비했다. 젠장, 이번엔 닭곰탕이었다. 지난밤,
한 입도 대지 못한 남은 닭백숙을 닭곰탕으로 멋지게 탈바꿈시켰다.
비몽사몽 간에도 특유의 천진난만함으로 "맛있네, 맛있군"을 연발

하늘이 이미 세번이나무너졌지만,
마음이쏙풀린다.

하며, 야무지게 먹는 아내를 바라보니, 그제야 마음이 쏙 풀린다.

주부의 마음이란 이렇구나. 가정 경제를 책임지는 배우자를 위해 요리하고, 청소하고, 밤늦게까지 상대를 기다린다. 서운한 일이 있더라도, 정성 들여 만든 요리를 맛있다고 말해주는 상대를 보니 마음이 자연스레 풀리는구나. 배우자는 고생하며 일을 하고, 나는 그런 배우자를 보필하며 고생스러운 집안일을 하고 있다. 건강한 가정을 위한 꽤나 합리적인 역할 분담이다.

- - -

지금, 당신이 운명처럼 들고 계신 책은 이런 내 삶의 부산물이다. 연하이자 남편이고, 심지어 얼떨결에 주부로 살면서 연상의 아내와 겪었던 일을 적은 소소한 이야기다. 퇴사를 하고 어~~~ 하다 보니 주문에 홀린 듯 나는 글을 쓰고 있었다. 누가 시키지도 않았건만 늦은 밤까지 노트북 앞에서 골똘히 타자를 치던 나 자신을 발견했다. 그리고 어~~~ 하다 보니 우리의 이야기가 담긴 책이 나오게 되었다. 인생이란 참 알 수 없다. 살림하는 내 모습을 상상해본 적이 없지만 지금은 주부가 되었고, 황당한 하소연으로 점철된 에세이들이 한 권의 책으로 만들어졌다. 인생은 언제나 이같이 예상치 못한 것

투성이다. 누구의 변덕으로 한순간에 바뀌어버린 닭백숙과 닭곰탕의 운명 같다고나 할까.

이 이야기가 한 치 앞도 모르는 요사스러운 인생을 살아가는 누군가에게 작은 기쁨이 되기를 바란다. '허허, 요로코롬 당돌하게 살아가는 젊은 부부도 있구만!' 하는 가벼운 마음으로 읽어 주시길. 원고 기한의 막바지에 다다라 부랴부랴 프롤로그를 쓰며, 덜떨어진 두뇌의 뉴런과 시냅스를 쥐어짜고는 있지만, 이 순간마저 즐겁다. 부디 이 즐거움이 글을 읽는 당신까지 닿았으면 한다.

끝으로 매일의 얄궂은 고비들을 극복하고 하루하루 행복을 다지고자 고군분투하는 모든 이들을 응원한다.

2020년 2월

왕찬현

수록된 일러스트는 30대 중반에서야 숨겨진 재능을 깨달아버린 아내가 손수 그렸습니다. 이 책은 백수 남편 덕에 얼떨결에 일러스트 작가로 데뷔한 그녀의 작품이기도 한 셈이죠.

차 례

연하의 맛

연상연하 커플의 오늘

투명한 시간을 걷는 너와 나

이토록참한
연하 남편주부

홱 돌아누운 그 남자, 더위에 굴복한 그 여자

최근 들어 우리 부부는 자주 싸운다.

아내와 나는 주말부부다. 아내는 부산에서, 나는 서울에서 직장을 다녔다. 그런데 직장을 관둔 뒤 4개월여의 시간 동안 나는 부산에 눌러앉아 아내와 살게 되었다. 그 시기엔 일이 있거나 지인을 만날 때만 잠깐씩 서울에 올라갔다. 그 때문에 보통 2주에 한 번꼴로 2~3일 동안 떨어져 지내던 시기가 있었다.

순수한 주말부부였던 시절, 우리는 싸움이라고는 모르는 순둥이 평화주의자 커플이었다. 두 사람 모두 성격이 둥글둥글하고 아량이 넓어 그렇다고 굳게 믿었다. 그런데 이제 와 보니 그것은 초인적인 인내심의 결과였다. 주중에 내내 떨어져 지냈기에 함께 있는 순간이 소중하고 애틋했으며, 이틀 뒤 다시 헤어지게 되므로 감정을 터뜨리기보다 일단 압축시키는 편이 합리적인 선택이었던 셈이다. 내가 "이 직장은 이제 안 되겠다, 더는 안주할 수 없을 것 같다. 내 열정과 영혼의 소생을 위해 공부를 다시 시작해야겠다"고 선언할 때도 아내의 뚜껑은 열리지 않았고, 각오했던 싸움은 (싱겁게도) 전혀 없었다. 오히려 내 결심을 진심으로 응원하며 돈은 자신이 벌 테니 공부만 열심히 하라고 말하던 그녀였다. (진정 대인배누님이시다)

대학원에 입학하기 전, 우리에게는 처음으로 온전히 함께할 시간이 많아졌다. 결혼한 지 1년 6개월 만에 진정한 결혼 생활이 시작된 것이다. 그리고 "저희 부부는 원래 잘 안 싸워요"라고 떠벌리던 나의 자랑이 무색하게 이틀에 한 번씩은 꼭 싸웠다. 작은 생활 습관부터 정치적 견해, 양가 부모님과의 관계, 소비 습관까지 다방면으로 살벌하고 치열한 전투를 치렀다.

여름 밤이었다. 잠자리에 들기 전, 사소한 건으로 의견 대립이 있었고, 서로 감정이 상했다. 어쨌든 일단 잠은 자기로 합의하고, (아내의 표현에 의하면) 나는 '홱!' 하며 돌아누웠다. (사실 나는 오른쪽으로 자는 자세를 선호할 뿐이다) 옆에 누워 있던 아내의 분노가 침대의 진동을 타고 그대로 느껴졌다. 잠시 뒤, 아내는 분이 덜 풀린 듯

책 돌아누운 그 남자
더위에 굴복한 그 여자

방을 뛰쳐나갔고, 오랫동안 기다려도 돌아오지 않았다. 그녀도 감정을 다스리고 냉정하게 생각을 추스를 시간이 필요하겠지 싶어 굳이 달래러 나가지 않았고, 가정의 기둥인 나라도 숙면을 취하고자 마음을 먹었다. 그리고 한참이 흐른 뒤, 아내가 씩씩거리며 안방으로 다시 들어와 침대에 몸을 푹 하고 뉘었다.

- - -

이튿날 아침, 늘 하던 대로 정성스레 아침 식사를 준비하고 부드러운 스킨십으로 아내를 깨웠다. (주부 역할을 매우 충실히 소화하고 있다. 돈줄은 그녀가 쥐고 있으니까요) 그녀는 피곤한 듯 조금 뒤척이다, 평소와 다름없이 일어나 씻으러 갔다.

아침 식사 시간. 전투 후 첫 대면 협상이었다. 사실 난 터지는 웃음을 꾹꾹 눌러 겨우 참고 있었다. 지난밤 그녀가 왜 돌아왔는지 너무도 잘 알기 때문이었다. 거실은 사람이 도저히 버틸 수 없을 정도로 더웠던 것이다.

화를 주체하지 못해 안방을 뛰쳐나갔던 아내는 거실의 찜통더위를 참지 못하고, 결국 에어컨이 켜진 안방으로 슬금슬금 들어왔다. 식사를 하며 나는 "더위에 굴복하여 자존심까지 판 게 아니냐"고 아내를 놀렸고, 그녀는 반격으로 온몸을 비트는 과한 액션과 함께 '퓍!'을 외치며 나를 조롱해댔다. 그렇게 슬그머니 또 하나의 전투 능선을 넘었다.

우리는 자주 싸우지만, 감정의 골이 하루를 넘지 않는다. 아내가 쿨한 성격이라 잠 한숨 자고 일어나면 포맷이 된 듯 다시 애교를 부린다. 솔직히 고백하자면, 이런 다툼이 마냥 싫지는 않다. 그녀를 더 깊이 이해하는 과정이자, 자신을 알아가는 성숙의 시간이다.

이제야 결혼의 참맛을 느낀다. 서로 다른 두 우주가 만나 하나가 되었는데, 어찌 균열과 폭발이 없겠는가. 싸우면 싸울수록 그녀가 더 사랑스럽고, 그녀를 알아가는 매 순간이 행복하다. 이런 얘기를 들은 적이 있다. 이혼 위기의 부부는 예외 없이 상대방을 너무 잘 안다고 주장하는 반면, 화목한 부부는 서로 잘 모른다는 사실을 인정하고 끊임없이 상대를 이해하고자 노력한다고.

애석하게도 한동안은 전격적이고 지속적인 전투가 있을 것 같으나, 이 과정이 그렇게 힘들고 괴롭지만은 않다. 서로를 더 알아가는 통과의례라고 자연스레 받아들인다. 단지,

누님 아내의 싸움 내공이 날로 강해져 그게 버거워지긴 하지만.

설거지 미루는 주부는 유죄?

집안일이 내 일이라 생각해본 적은 없었다. 빈 그릇을 부엌으로 옮기고, 걸레질을 하고, 달걀 심부름을 하며, 명절이면 송편을 빚기도 했다. 하지만 심성이 맑고 고운 아이로서 엄마와 할머니를 도와드렸던 것뿐이다. 고도의 기술이 필요해 보였던 요리와 설거지, 빨래는 마땅히 주부인 엄마가 도맡는 일이었고, 나와는 별 상관없어 보였다. 결혼 전까지만 해도 그랬다.

결혼하고는 살짝 바뀌었다. 주말부부였기 때문이다. 홀로 생존하기 위해 어쩔 수 없이 살림을 할 수밖에 없었다. 신혼집에서 일종의 자취가 시작된 것이다.

그렇다고 딱히 힘들거나 고되지는 않았다. 가사 경험이 전혀 없다고 한들, 건전한 상식을 동원하면 못할 것도 없었다. 아침은 거르고, 점심과 저녁은 회사에서, 그리고 간단한 정리만 하면 그럭저럭 생활은 유지되었다. 청소는 주말에 아내와 수다를 떨며 하면 그만이었다.

그리고 현재, 집안일은 내 일이 되었다. 퇴사 후 4개월 동안 온전한 주부로 살았고, 뒤늦은 공부를 다시 시작한 뒤부터는 방학 때마다 주부로 돌아온다. 처음 살림을 시작했을 때는 허둥지둥 정신을 차릴 수 없었다. 밥상을 차리는 일도, 장을 보는 것도, 화장실 청소도, 음식물 쓰레기 배출도 쉽진 않았다. 당연하게도 많은 시행착오가 있었다. 어느 정도 경험이 쌓인 지금, 나는 앞치마가 매우 잘 어울리는 유능한 남편 주부가 되었다(고 주장한다).

그러나 주부로서 매일 두려운 난관에 직면하는데, 그것은 다름 아닌 설거지다. 뻔뻔하게도 나는 설거지가 정말 싫다. 그다지 힘든 일도 아니건만 이상하게도 항상 꺼려진다. 요리를 배우고자 《집밥 백선생》을 시청하면서도 음식에 집중하기는커녕 '저분들, 설거지는 직접 안 하겠지? 그럼 누가 하려나' 하는 생각이 먼저 떠오른다.

그래도 양심상 아예 안 할 수는 없으니 최대한 미뤄 밤 10시쯤, 하루치를 몰아서 한다. 잔뜩 쌓여 있는 그릇과 냄비를 보면 숨이 컥

막히지만, 눈 꼭 감고 해야 한다. 그래야 내일 아침 식사를 차릴 수 있다.

곰곰이 생각해보니 설거지가 싫은 몇 가지 이유를 찾았다. 먼저 고무장갑을 끼는 것부터 썩 내키지 않는다. 특유의 차갑고 매끈하면서도 인위적인 쫄깃함이 손을 오롯이 감싸는 느낌은 그리 유쾌하지 않다. 또한 매우 심심하다. 거실에 있는 TV는 각도가 안 맞아 못 보고, 물소리 때문에 음악도 들리지 않는다. 마지막으로 심히 외롭다. 재미를 느낄 거리가 없으니 굳은 표정으로 멍하니 그릇만 닦아야 하는데, 가뜩이나 적막한 집에서 정말 세상 홀로 있는 듯한 고독함마저 밀려든다.

그런데 아내는 설거짓거리가 쌓이는 꼴은 절대 못 보는 성격이다. 옷은 아무 데나 벗어놔도, 설거지는 바로바로 해야 직성이 풀린다. 또한 그녀는 설거지를 기똥차게 잘한다. 나름 숙달된 주부라 자부하지만, 설거지만큼은 아내를 도저히 당해낼 재간이 없다. 많은 양의 그릇이 그녀의 유려하고도 화려한 손놀림에 의해 순식간에 광택을 되찾는 모습을 보고 있노라면 경외심마저 들 정도다.

가끔은 아내에게 미안한 마음이 들기도 한다. 그녀가 늦은 시간에 귀가했는데 미처 설거지가 안 되어 있을 때 특히 그렇다. 그럼 그녀는 곧장 주방으로 향한다. "자기야, 설거지는 내가 할 테니까 좀 쉬고 있어" 하며 그길로 바로 작업에 들어간다. (그사이 나는 그녀가 아무 데나 벗어놓은 허물 같은 옷을 치운다) 싱크대를 향한 아내의 뒷모습은, 그녀가 진정 즐기고 있는 것이 아닌가 할 정도로 유쾌하고 리드미컬한 아우라를 뿜어낸다. 신기하면서도, 동시에 주부로서 직무유기가 아닌지 마음이 편하지 않다. (대신 육체와 정신은 확실히 편하다)

아직까진 직무유기를 일삼는 초보 주부지만, 집안일을 하며 깨달은 바가 있다. 잘해도 티 나지 않지만, 안 하면 티가 확 나는 일이 있다는 것. 살림이 그렇다는 것. 그리고 누군가는 이 일을 해야만 한다는 것. 늘 깨끗했던 집은 엄마의 땀과 수고가 묻은 공간이었고, 대수롭지 않게 먹었던 집밥은 당신의 손과 정성이 담긴 실체였다.

주부로 살며 지극히 당연한 것들이 사실은 당연하지 않다는 것을 깨닫는다. 당연히 알았어야 했고, 감사했어야 했는데도 그러지 못했던 나를 돌아본다. 겪어보지 않으면 모르는 것들이 있다.

오늘만큼은 기필코 아내에게 설거지를 전가하지 않으리라 다짐한다. 성가신 일이라 역시나 회피하고 싶은 마음이 굴뚝같다만, 성실한 남편은 맡은 바 임무를 꿋꿋이 수행할 예정이다. 이렇게 마음을 먹어본다. '마음을 닦듯, 그릇을 닦자.' 마치 길거리에서 "도를 아십니까?"라 말을 건네는 사이비 종교인 같은 뉘앙스가 풍기긴 한다만, 억지로라도 동기부여를 할 수밖에 없다. 지친 아내에게 깔끔한 주방을 보여주리라는 생각에 기분이 좋다. 그게 지금 내가 할 일이다.

그렇지만 설거지가 아내의 작은 행복 중 하나라면, 양보할 마음도 없진않다(헤헷).

팬티의 소통학개론

난 지금, 그러니까…, 흠… 늦은 밤에 팬티를 개고 있다. 뽀얗게 잘 마른 앙증맞은 팬티들. 빨래를 개다 보면 항상 느끼는 거지만, 남자 팬티는 언제나 당혹스러운 감정을 불러일으킨다. 기술적으로 개기 어려워서 그런 건 아니다. 다만 남자 팬티는 그 종류와 크기가 다양해서 – 삼각팬티(브리프), 사각팬티(박서), 반사각팬티(트렁크), 쫄쫄이팬티(드로즈) 등 – 일정한 규격으로 개는 것이 어렵다. 주부에게 규격이란 게 중요한 이유는 서랍장에 물건을 가지런히 수납해야 할 의무가 있어서다. 정성껏 개놨는데, 막상 크기가 제각각이니 깔끔하게 정리되지 않는다. 역시 집안일은 쉽지 않다.

가정에서 쉽지 않은 일이 하나 더 있다. 부부간 소통. 어찌하여 팬티에서 느닷없이 소통으로 넘어간단 말인가 하는 한탄의 목소리가 여기까지 들리지만 어쩔 수 없다. 변명하고자 사고의 전개를 간략히 말씀드리면, '팬티를 개는 건 난감하다 - 크기와 규격이 제각각이다 - 깔끔히 수납하기 어렵다 - 규격 차이로 생기는 다른 문제가 떠오른다 - 부부간에도 마음의 규격이 맞지 않을 때 소통이 안 된다 - 소통은 어렵다' 정도의 과정으로 연결되었다고 할 수 있겠다. 솔직히 말하자면 내가 봐도 정말 허술한 기적의 논리가 아닐 수 없다.

- - -

어떤 예능 영상을 본 적이 있다. 방송의 한 패널은 남자가 여자와 소통하고자 할 때, 말끝만 따라해도 대화가 잘 통한다고 주장했다. 가령 이런 식이다.

여 : 오늘 길에서 민수 만났잖아.

남 : 정말? 민수를 만났어?

여 : 걔가 벌써 결혼을 했더라고!

남 : 와 대박, 민수가 결혼을?

여 : 응응, 자랑을 무지 하더라고!

남 : 우왓, 자랑할 정도로 깨가 쏟아지는구나?

늦은 밤에 빨래를 개고 있다.
흠...속옷 정리는 어려워.

이렇게 쉽고 간단한 기술이 있었다니. 따라만 해도 소통의 달인이 될 수 있단 말이지. 지나가는 애꿎은 아내를 붙잡고 즉시 써먹어본다. 예상하셨다시피 그야말로 헛수고였다. 대화는 곧잘 이어지긴 했다만, 몇 마디 주고받으니 눈치 빠른 아내는 벌써 나를 한심한 눈으로 바라본다. 그나마 한 가지 교훈을 얻었다면, 소통은 얄팍한 기술로 되는 게 아니라는, 누구나 다 아는 보편적 진리였다.

- - -

감정의 알갱이와 그 알갱이를 담는 마음의 그릇이 있다고 가정해보자. 기쁨 알갱이, 슬픔 알갱이, 분노 알갱이 등이 톡톡 떨어진다 (마치 영화 《인사이드 아웃》처럼). 그리고 기쁨, 슬픔, 분노 등의 입자가 담길 정갈한 그릇이 마음속에 존재한다. 자극에 따라 해당 감정에 맞는 알갱이가 쌓이다 보면 그릇은 어느새 차고 넘쳐, 그 감정이 발화된다. 이제 우리의 문제는 감정 그릇을 어느 정도 크기로 빚느냐 하는 것이다. 기쁨 그릇은 아담하게 한 컵 정도 크기로, 슬픔은 적당히 국그릇 정도, 분노는 넉넉하게 냄비 정도로 만들어본다. 여기서 중요한 것은 각 그릇의 규격을 상대방의 그것과 비슷하게 빚어야 한다는 점이다.

부끄럽게도 나의 화 그릇은 아내 것에 비해 한참 작다. 그래서 알 갱이가 쉽게 넘쳐흘러 사소한 일에도 발끈할 때가 있다. 내 입장에 서는 분명 버럭(!)까지는 아닌데, 아내는 본인에게 화를 냈다고 짐짓 서운해한다. (억울하다) 그래서 화의 그릇은 조금 더 넓혀본다. 반면 내 마음속 기쁨 그릇은 과하게 커서 알갱이가 차기까지 많은 자극을 필요로 한다. 높은 역치에 다다라야 기쁨이 표출되는 것이다. 반면 아내는 소소한 일에도 곧잘 설레며 기뻐하기에, 그녀와의 간극이 좀 있다. 그러니 기쁨 그릇은 더 작게 빚어야 한다.

배우자끼리 감정 그릇의 규격이 비슷해질 즈음, 진정한 소통의 기반이 마련된다. 정리하기 쉬운, 적당한 크기로 곱게 개인 팬티처럼 말이다. 그 과정이 사실 쉽지는 않을 뿐더러 많은 노력을 요한다. 물체끼리 비비면 뜨거운 열이 나는 것같이, 둘만의 감정이 비벼질 때 역시 마찰과 갈등이 발생하니까. 이 진통을 무사히 겪어야 비로소 진심으로 함께 기뻐하고, 슬퍼하고, 서로 가슴속 깊이 공감할 수 있다. 그릇을 빚어가는 시간. 이 뜨거운 마찰의 과정이, 어쩌면 가정에 평화가 임하는 근본적인 소통의 기술이 아닐까 하는 생각을 해본다.

이제 빨래는 다 갰다. 재활용 쓰레기만 버리면 오늘의 일과는 끝.

그림자와 영혼이 겹쳐질 시간이다. 그럼, 굿 나잇.

가끔 사소한 일에 굉장히 큰 감정 덩어리가 툭 떨어질 때가 있다. 이럴 땐 그릇의 크기와 무관하게 바로 감정이 폭발한다. 어쩔 수 없다. 나와 상대방의 그 포인트를 미리 알아둘 수밖에. 아내가 양말을 아무 데나 벗어던져 놨을 때, 나는 빵 하고 터져버린다. 부글부글.

라면 잘 끓이는 연하 남편

실례를 무릅쓰고, 김훈 작가의 산문집 『라면을 끓이며』_{문학동네}의 한 대목을 인용해본다.

나는 오랜 세월 동안 라면을 먹어왔다. 거리에서 싸고 간난히, 혼자서 끼니를 해결할 수 있는 음식이다. … 그 맛들은 내 정서의 밑바닥에 인 박여 있다. … 모르는 사람과 마주앉아서 김밥으로 점심을 먹는 일은 쓸쓸하다. 쓸쓸해하는 나의 존재가 내 앞에서 라면을 먹는 사내를 쓸쓸하게 해주었을 일을 생각하면 더욱 쓸쓸하다. 쓸쓸한 것이 김밥과 함께 목구멍을 넘어간다.

한 문장가의 삶과 통찰이 응축된 문장에 경의를 표하며, 이제야 비로소 비루한 본론으로 들어가 보자. (쩝) 역시나 위대한 문인과 급이 다르게, 단세포적인 얄팍한 감각을 지향하는 내가 라면을 먹는 이유는 단순하다. 그저 맛있어서. 미각을 깨우쳐버린 어린 시절부터 허구한 날 엄마에게 라면을 끓여달라고 떼쓰던 아이였고, 집에서 가사를 책임지는 지금도 점심으로 종종 얼큰한 한 그릇의 우아한 식사를 즐긴다.

반면 아내는 라면을 그다지 좋아하지 않는다. 건강을 중시하는 사려 깊은 그녀는 MSG와 방부제가 듬뿍 담긴 인스턴트 식품에 거부감을 드러낸다. 그래서 그런지 라면중독자인 남편에게 자질구레한 당부를 하곤 한다. 자기는 나랑 오래오래 행복하게 살아야 하는데 이렇게 자주 먹으면 어떻게 하냐고, 건강을 생각해서라도 줄이라고. 나로서는 애정이 담긴 이런 조언(잔소리)은 여간 성가신 게 아니다.

그런 그녀는 요즘 주부 남편 덕분에 '일주일에 1라면'을 하고 있다. 주말이면 규칙적인 삶의 일환으로 아내와 함께 먹을 라면을 끓인다. 평소 가정을 위해 밥하는 일은 부담이 되지 않을뿐더러 오히려 생활의 기쁨 중 하나지만, 이상하게도 주말이 오면 이런 마음이 싹 사라진다. 그래서 토요일에는 간편한 음식을 대접하기로 했다. 남편의 귀차니즘과 사심이 응축된 주말 라면 선언을 반기지 않던 아내는, 이제는 내심 기대하는 눈치다.

정량의 물과 명시된 조리 시간을 철저하게 지키고, 달걀은 반숙으로, 마늘, 송송 파와 청양고추, 약간의 고춧가루와 후추를 첨가하면 연하 남편표 특제 라면이 완성된다. 잘 익은 김치를 썰어 내놓고, 먹음직스러운 요리가 담긴 냄비를 식탁으로 옮기며 아내를 부른다.

"아내, 다 됐어. 얼른 와서 먹자!"

그럴 때면 마치 라면애호가로 전향한 것 같은 아내는 콧노래를 흥얼거리며 이런 말을 한다.

"나는 남편이 끓여주는 라면이 제일로 맛있어!"

그럴 때면 오묘한 기분이 든다. 아내의 칭찬에 마냥 좋고, 눈앞의 양식에 행복하기도 하며, 밥상에서 나눌 그녀와의 소소한 대화가 기대되는 순간이다. 그런데 이와 동시에 그 좁은 시간의 틈을 비집고 나오는 이상한 감정이 있으니, 어쩌면 누님의 철저한 계략에 넘어간 게 아닌가 하는 의구심이 들기 때문이다.

분명 라면을 안 좋아하던 인물인데, 이제는 그렇게 맛있다니. 머리가 좋은 아내는 남편에게 라면 노동을 전담시키고자 훈훈한 칭찬을 늘어놓는 게 아닌가. 출출한 밤에 야식이 당길 때면 이 같은 합리적 의심이 더해간다. 2개 끓일까 항상 물어보건만, 언제나 단호히 안 먹는다고 말하는 그녀다.

그러나 막상 한 입 들려는 바로 그때, 아내는 어김없이 젓가락을 챙겨 등장한다. "한 젓가락만!"을 외치며 다가오는 그녀의 손길은 두 젓가락, 세 젓가락이 된다. 그리고 종국에는 절반을 드시는 아내다.

역시나 그녀는 남편이 끓여주는 라면은 어쩜 그리 맛있는지 모르겠다고, 냄새의 유혹을 이기기 힘들다고, 해맑은 표정과 함께 이미 만신창이가 된 내 마음을 따뜻하게 어루만진다. (자비롭게도 남은 국물은 내 몫이다)

아내의 칭찬은 고도화된 전략으로, 순진한 남편을 부려먹을 의도가 다분해 보인다. 어쨌거나 이는 자칭 라면 장인으로서의 그릇된 자부심으로 똘똘 뭉친 나에게 큰 문제는 아니다. 아내의 말 한마디는 나를 행복으로 충만하게 하는 힘이 있기 때문이다. 소박한 한 그릇에 그녀가 기쁨을 느낄 수 있다면, 그걸로 만족한다.

끝으로 라면을 정말 맛있게 먹는 나만의 비법을 소개하고자 한다.
그것은,

배고플 때 먹도록

P. S. 꼭 배고파야 함.
– 영화《식객》중에서

《식객》의 명언은 주부로서 배우자의 반찬 타령을 원천봉쇄하는 비법이기도 하다. 배고파 바둥거릴 때까지 밥상을 안 차리는 것. 효과는 기가 막힙니다.

버리려는 그 남자, 남기려는 그 여자

_어지럽혀진 집을 대하는 미니멀리스트 주부의 자세

집 정리의 제1원칙. 어지럽히지 않기.

이렇게 말하면 죄송하지만, 미니멀리즘의 이 심플한 명제는 참으로 터무니없다. 생활한다는 것은 곧 어지럽히는 일인데, 어찌 항상 비워내고 깔끔할 수 있을까. 모든 건 무질서한 방향으로 흐른다는 엔트로피 법칙을 굳이 언급하지 않아도, 집이 아수라장이 되는 건 자연스러운 현상이다. 우리 집만 그런 건지 모르겠지만.

나는 미니멀리스트 기질이 다분한 편인데, 이는 엄마로부터 물려받은 우성 유전자 덕분이다. 당신의 기쁨 중 하나는 버리시는 것이다. 필요 없는 물건은 즉시 내놓으며 희열을 느끼신다. 약간의 과장을 보태자면, 한심한 아들까지도 버려질 뻔했다는 소문이 들릴 정도다. (퍽 서러워진다) 엄마를 닮은 나도, 사용하지 않는 물건은 처분해야 직성이 풀린다. 버리면 버릴수록 집은 정갈해지기 마련이다.

집이 깨끗한 시간, AM 11:00 ~ PM 7:00. 아내가 출근하면, 남편 주부는 자연의 법칙을 거스르는 정리란 걸 시작한다. 사방팔방 굴러다니는 잡화를 제자리에 두고, 뒤집힌 이불을 펴며, 입 벌린 서랍장과 옷장은 고이 닫는다. 말끔한 집의 원형을 회복시킨 후, 이 수고로운 질서를 해치지 않고자 발걸음마저 조신하게 내딛는다.

하지만 아내가 퇴근하면, 집은 다시금 자연의 법칙에 순응한다. 그녀가 온 집 안을 헤집고 다니는 딕에 아슬아슬했던 평화의 균형은 깨지고 만다. 매의 눈을 하고 행동을 감시하지만, 이를 비웃기라도 하듯 기상천외한 방식으로 어지르신다.

은밀히 놓여 있는 토끼 똥 같은 양말과 허물 같은 옷가지들이 나뒹구는 꼴을 바라보는 남편의 근심은 늘어만 간다. 가장 허탈한 순간은 세탁기를 돌린 후 이불 속에서 아내의 앙증맞은 잠옷과 속옷이 나올 때. 주부는 마침내 외마디 비명을 지르고 만다. (악!)
집 안이 어지럽혀지는 건, 미니멀리즘의 철학에 의하면 물건이 너무 많아 그렇다. 그 증거로 아내의 옷들이 내 작은 옷장을 침범하기 시작했다. 옷이 많아져 자신의 코트와 바지를 내 쪽으로 슬금슬금 옮긴 것이다. 이는 마치 식민주의자의 야욕이 빚은 침탈과 같은 상황인데, 권력이라고는 하나 없는 남편이 할 수 있는 일은 비폭력 운동뿐이다. 제국주의 영국에 저항하는 간디의 심정이 이랬을까. 불복종의 의미로 그가 물레를 돌렸듯, 옷 좀 버리라는 다분히 평화로운 잔소리를 시전했다. 권력이 거세된 평화운동은 역시나 그리 효과적이지 않았는지, 헛물로 점철된 6개월의 시간이 지났다.

어느 주말, 《곤도 마리에, 설레지 않으면 버려라》라는 리얼리티 프로그램을 본 아내는 별안간 각성하고야 말았다. 놀랍게도 스스로 옷을 추리고 있었다. 남편의 평화 시위는 무력했지만, 권위자의 말 한마디는 강했고, 그녀를 기꺼이 새사람으로 변화시켰다. 헌 옷들이 거실에 한가득 쌓였다. 이렇게 많은 옷이 집에 짱박혀 있었다니, 실로 어마어마한 양이었다.

곤도 마리에 씨는 물건에 손을 대보고, 설렘을 느끼면 남기고, 아니면 버리라는 간단한 기준을 제안했다. 잘 배운 아내는 옷을 더듬으며 손끝으로 마음의 소리를 듣는다. 물건과 대화를 나누는 그녀가 기인畸人처럼 보인 것은 왜일까.

쌓인 옷을 버리는 과정도 녹록지는 않았다. 이별에는 언제나 시간이 필요하다던 아내의 간절한 요청으로 하루가 덧없이 지났고, 집을 나서는 순간에 5벌은 다시 옷장으로 향하기도 했다. 그런데도 무려 28인치 캐리어 두 개가 가득 찼다(세계일주 두 번은 너끈할 정도다). 난관이 있었지만, 무사히 버릴 수 있어 행복했다. 단순함을 추구하는 미니멀리즘의 역사적인 승리로 기록될 것이다. 한껏 넓어진 옷장을 보며 인도의 독립을 쟁취한 간디에게 동질감을 느낀다. 반면 아내는 홍콩을 반환하는 영국인의 심정이었으리라.

- - -

협주곡, 콘체르토^{Concerto}라는 단어는 라틴어 어원을 갖는다. 재밌게도 이는 '조화롭다'가 아니라 '서로 겨룬다'라는 의미가 있다. 피아노, 바이올린, 첼로 같은 단독 악기와 대형 오케스트라가 경쟁하고 힘을 겨루는 게 협주곡의 본질이다.

아이러니한 것은 이런 대립으로 인해 마음 구석구석까지 파고들며 살아 숨 쉬는 영혼의 음악이 탄생하며, 청중들은 그 선율 한음한음에 귀 기울이며 깊은 감동을 받는다는 사실이다. 부딪히고 대립하는 과정에서 관계의 가치가 만들어지는 부부의 삶도 어쩌면 협주곡과 비슷한 면이 있을지 모르겠다.

끝으로 다소 안타까운 소식을 전한다. 끝끝내 미련을 버리지 못한 아내는 결국 헌옷함을 헤집고 두 벌의 옷을 다시 끄집어 오셨다. 진정한 미니멀리스트로 거듭나는 건 역시 쉽지 않나 보다.

주부의 다이어트에 관한 고찰

'다이어트'라는 말을 뜯어보면 참으로 섬뜩하고도 무시무시하다. 이는 '다이Die'라는 단어와 '어트'라는 의성어로 이루어졌다. 영문과 졸업생으로서 아는 척을 해서 대단히 송구스럽지만, '다이'는 '죽다'라는 의미다. (유명한 예문으로는 '다이소'가 있으며, 이는 '소를 죽여라'는 살벌한 뜻이다) '이트'는 다들 아시다시피 탄식을 표현하는 의성어다. 러닝머신 위에서 다리가 풀려 헥헥거리거나, 퍽퍽한 닭가슴살을 꾸역꾸역 밀어넣을 때 터져 나오는 영혼의 비명이다. (얼!) 즉, 다이어트는 '힘들어 죽겠네' 정도로 의역할 수 있으니, 식욕 본능을 거스르는 해괴함을 아주 적나라하게 나타낸다고 할 수 있다. (얼! 당연히 사실이 아닙니다!)

군이 이런 고급 전공지식을 발휘해 '다이어트'라는 단어를 분석해야 하냐는 독자님들을 위해 변론하자면, 현재 나는 아내로부터 '남편, 살 좀 빼!'라는 어마어마한 압력을 받고 있기 때문이라 하겠다. 애석하게도 결혼한 뒤로 살이 포동포동 올랐고, 지금도 시시각각 찌고 있으며, 발버둥쳐도 좀처럼 빠지지 않는 난감하고도 암울한 상황에 직면해 있는 것이다.

물론 몸무게가 날로 늘어가는 데는 다양한 요인이 있을 수 있다. 워낙 사교성이 좋다 보니 다양한 사람과 어울려 가끔 밥을 먹고 술도 한잔하면 살이 찔 수도 있지. 허나 슬프게도 애초에 사교성은커녕 부산에 아무 연고도 없는 고독한 내게는 전혀 해당 사항이 없다. 그렇다면 한동안 운동을 등한시한 결과일 수 있고, 유부남이 된 후 한껏 긴장을 풀어재껴서일 수도 있으며, 단순히 나잇살을 먹었을 가능성도 배제할 수 없다. 그럼에도 집안일을 하는 주부의 생활이 살찌는 식습관에 큰 영향을 끼친다는 사실은 부인하기 힘들다(라는 뻔뻔한 주장을 해본다).

집안일을 하니, 당연한 얘기겠지만 가정을 위해 손수 식사를 준비한다. 그 때문에 남은 음식에 아련한 감정이 드는 건 어쩔 수 없다. 밥을 다 먹을 때 즈음이면 발생할 잔반의 양이 자동으로 머리에 계산된다. 또한 이 반찬과 국, 찌개를 준비하기 위해 투자한 돈과 시간, 그리고 애틋한 정성이 자연스레 떠오른다. 그래서 포만감이 느껴짐에도 불구하고 남은 반찬을 뱃속으로 밀어넣어야 하나, 아니면 음식물 쓰레기로 버려야 하나 갈등하게 되는 것이다. 그러나 대부분은 주부로서의 마음가짐이 앞서게 되니, 결국에는 집어먹는다. 이것이 내가 살찌는 주된 이유다(라는 뻔뻔한 근거를 들이댄다).

기왕 다이어트 궤변이 나와서 하는 말인데, 또 다른 황당한 이론을 전개해보려 한다. 살과 잔소리는 정비례한다는 가설이다. 최근 나는 잔소리가 많이 늘었는데, 이 역시 주부 생활이 원인이다. 아내에게는 특이하고도 안 좋은 습관 하나가 있다. 그건 꼭 밥을 한 숟가락씩 남기는 것. 이에 대해 나로서는 시시콜콜한 잔소리를 할 수밖에 없다. "아내야, 이거 이렇게 조금 남기면 어떡해. 얼른 다 먹어!" 그러나 이미 배가 터질 것 같다고 석극적으로 투쟁하는 그녀는 한사코 마지막 한입을 거부한다. 결국 잔소리는 계속해대면서 동시에 그녀가 남긴 밥을 내가 마저 먹게 되니, 뫼비우스의 띠 같은 기이한 악순환에 걸린 기분마저 든다. 주부의 삶이 매개가 되어 잔소리가 늘고 살도 찌므로, 이 둘은 필히 비례한 상관관계가 있음이 확실해 보인다.

여하튼 주부의 삶에 충실하면서도 불어난 체중을 줄여야만 하는 총체적 딜레마를 겪고 있다는 점을 알아주셨으면 한다. "동생 남편,

이제 살 좀 빼자~"라는 아내의 직언은 멈출 기색 없이 지속되고 있으니, 더는 마냥 외면하기도 어려운 상황이다. 거침없이 "누님이 밥을 안 남기면 돼!"라고 소신 있게 말하면 좋으련만, 그럴 배짱은 도무지 생기지 않는다. 그래서 소심하게 먹는 양을 조절하고, 간식을 줄이며, 러닝머신에서 굵은 땀방울을 흘리고 있다. 하지만 역시나 다이할 듯 힘들며, 엽! 하는 외마디 탄식이 흘러나온다.

다시 한번 느끼는 거지만 세상에나, 다이어트는 참으로 괴이하고도 무시무시하다.

이 글은 오예은 님의 〈욕망이라는 다이어트〉라는 글에서 영감을 얻어 썼습니다. 이 글을 쓸 수 있게끔 허락해주신 오예은 님께 진심으로 감사의 말씀을 전합니다.

연하 남편의 레시피 上 : 아침 식사 편

식은땀으로 온몸이 젖은 채 눈을 떴다. 무엇에라도 홀린 듯 벌떡 일어나, 황급히 냉장고를 열어 재긴다. 그리고 가쁜 숨을 몰아쉬며, 그 자리에 털썩 주저앉고 말았다. 없다. 구석구석 아무리 뒤져봐도 보이지 않는다. 계란이 다 떨어졌다.

지난밤, 쫓기는 꿈을 꿨다. 악몽이었다. 110km 퍼 아워로 달려오는 치타를 보고 깜짝 놀라 내빼는 톰슨가젤마냥 필사적으로 도망가는 나를 추격한 건 다름 아닌, 암탉이었다. 뻘건 눈을 한 거대하고 무시무시한 암탉. 녀석은 내게 무슨 억한 원한이라도 있는지, 기어이 37층 빌딩 옥상까지 쫓아왔다. 더는 도망칠 곳도 없다. 전신에 진이 빠지고, 다리마저 풀린 채 숨을 헐떡이며 녀석의 눈을 정면으로 응시한다. 싸한 정적을 깨고 암탉이 하는 말.

"암마, 달걀 좀 그만 처묵으라!"

?!

"저희가 주로 먹는 건 가장 저렴한 무정란이란 말입니다, 암탉 사모님!"

절박하면서도 정중한 읍소를 하려던 찰나, 잠에서 깨버리고 말았다.

- - -

과장이라고는 질색하는 솔직담백한 사람으로서 일말의 가책을 느끼긴 하다만, 그만큼 나는 계란을 애용하는 주부라는 점을 각인시키고자 했을 뿐 다른 의도는 없었다. 그야말로 거창하기 이를 데 없이, 완전식품이라 불리는 계란은 그 종류도 참 다채롭다. 무정란, 유정란, 특란, 자연방사란, 무항생제 동물복지 청정란, DHA 오메가3란 등 종류를 헤아릴 수 없을 만큼 많으니 가히 독자적이고 방대하며 오묘한 세계라 할 만하다.

계란이 들어간 수많은 음식 중에서도, 아침 식사로는 계란밥이 제일이다. 계란밥이라고 하면, 외할머니로부터 내려온, 가문을 상징하는 요리다. 뜨끈한 밥에 달걀 노른자, 간장, 참기름 그리고 고소한 통째를 양푼에 몰아넣고 쓱쓱 비비면 완성. 황금빛으로 반짝이는 먹음직스러운 음식이다. 전통을 계승한 어머니께서도 자주 하시던 간편한 메뉴로 나 역시 아침마다 맛있게 먹었다. 이런 가문의 내력을 이어받아, 아내를 위한 아침 밥상으로 계란밥을 준비하는 게 일주일에 2번 이상이다.

다만, 약간의 개선과 보완은 있었다. 풍족하지 않은 젊은 부부가 흰자를 버리는 건 사치지. 각고의 고민과 연구 끝에 반숙의 계란후라이로 계란밥을 만든다. 반#고체의 흰자가 첨가됨으로써 영롱한 황금빛 때깔이 조금 덜해졌지만, 단백질에 목마른 우리 부부에겐 안성맞춤의 한 끼 식사가 완성된다. 여기에 김치까지 곁들여 먹으면 금상첨화. 질리지도 않는지 아내도 잘 먹는다. (아침엔 비몽사몽인지라)

계란밥 말고, 내가 주부로서 추천하는 아침 메뉴 하나 더. 바로 계란국이올시다. 계란과 멸치, 다시마, 양파, 파 그리고 청양고추만 있으면 손쉽게 만들 수 있는 국이다. 밥, 계란국, 거기다가 바다 내음을 머금은 짭조름한 김만 있으면 풍성하고 든든한 아침 상차림이다. 육(밥), 해(김), 공(계란)의 완벽한 조합이랄까.

이러한 연유로 계란 없는 냉장고를 마주한 아침은 참으로 낭패가 아닐 수 없다. 행동 패턴의 철저한 분석과 오차 없는 계산으로 장을 보는 주부의 자존심에 스크래치가 긁히는 순간이다. 그런 날엔 하는 수 없이 조촐한 시리얼 한 사발을 대접한다. 아, 그런데 우유까지 없는 날에는 더더욱 낭패다. 그렇담 장모님께서 보내주신 토마토즙으로 때우는 수밖에. 아아. 미안하오, 아내여.

계란으로 그득한 아침상을 준비할 때마다 암탉 사모님께 미안한 감정이 드는 건, 사람 된 도리로서 어쩔 수 없다. 사모님께서 들으시면 충격받으실 얘기를 굳이 하나 더 하자면, 아내의 계란찜과 계란말이 시도는 점점 집요해지고 있다. 오로지 이 두 요리만은 포기하지 않고 끊임없이 도전한다. 남편 주부의 고유영역을 빼앗기지 않음과 동시에 사모님의 정신적 평안을 위해 제가 최대한 뜯어말려 보겠습니다. (사실 그녀의 요리 실력은 젬병이거든요)

그러니 암탉 사모님, 내일은 꿈에서 뵙지 않기를 간절히 바랄게요.

〈연하 남편의 레시피〉 시리즈는 배지영 작가님의 『소년의 레시피』(웨일북)에서 영감을 얻어 쓴 글입니다. 글을 허락해 주신, 배지영 작가님께 감사의 말씀을 드립니다.

연하 남편의 레시피 下 : 저녁 식사 편

이쯤 되면 돼지꿈도 꿀 때가 됐는데. 만약 돼지 형님께서 꿈속에 나타나 살벌하게 돌진해온다면 37층 빌딩 옥상이 대수랴. 황해를 건너, 만리장성을 넘고, 몽골 대평원을 지나, 얼어붙은 시베리아까지도 기꺼이 쫓겨야지. 아니다, 복 받으려면 사랑스럽게 안겨야 하나? 젠장, 암탉한테 쫓기던 기억 때문에 점점 이상해지고 있는 것만 같다.

흠… 꿈까지 들먹이며 내가 정녕 하고픈 말은, 그러니까 누군가가 취향에 대해 이러쿵저러쿵 간섭해대더라도, 나와 아내의 육체와 영혼, 철학과 소신을 걸고서라도 내뱉을 수밖에 없는 한 문장은 바로, 어처구니없게도 '삼겹살은 정말 맛나다'라는 당연한 명제다.

- - -

우리는 한 주에 한 번꼴로 삼겹살을 먹는다. 내가 "삼겹살 콜?" 하면 바로 "콜!"을 외치는 먹성 좋은 아내다. 정육점에는 선연한 선홍색 살코기와 영롱하고 반투명한 지방이 겹겹이 쌓인 우아한 덩어리가 언제나 유혹하는 손길을 내민다.

한 가지 슬픈 사실은 가정형편으로 인해 집에 부르스타(휴대용 가스레인지!)가 없다는 것이다. 불판까지는 어디서 주워왔건만, 부르스타를 건질 곳은 마땅히 없다. 그래서 어쩔 수 없이 후라이팬에 고기를 굽는다. 잘 달궈진 팬에 삼겹살이 닿는 소리, 치지직. 그때부터 주방에 있는 나나, 거실에서 드라마에 빠져 있던 아내나 혼수상태 직전이 된다. 고소한 향이 집 전체에 전투적으로 퍼진다. 팬에 고인 기름을 닦는 데 쓰인 키친타올이 천장을 뚫을 듯 높이 쌓이지만, 이윽고 노릇한 삼겹살구이가 완성된다. 나는 상추와 깻잎쌈과, 아내는 무쌈파다.

- - -

얼마 전, 다시 정육점에 갔다. 그 자리에서 그만 눈이 휘둥그레질

냠냠, 삼겹살은 언제나 맛있어!

만한 걸 발견했다. 100g에 980원! 냉동 삼겹살이었지만, 정신 차리고 보니 어느새 바구니에 담겨 있었다. 심지어 독일 수입산이라니. (게르만 민족이라면 무조건 믿고 본다) 우리는 생삼겹살과 냉동삼겹살, 둘 다 사버리고 말았다.

그런데 무려 2kg에 달하는 고기를 우리 집 냉동실에 넣을 때부터 자책과 고민이 몰려왔다. 합리적 소비를 지향하는 주부가 어찌 이런 얄팍한 상술에 그리 쉽게 넘어갔는지, 이걸 어찌 다 먹어야 한단 말인지, 심히 당혹스럽다. (게르만이 밉다) 삼겹살을 쌓아두고 한동안 고뇌에 시달렸다.

다행히도 풍부한 창의력을 지닌 남편은 기어이 해결의 실마리를 찾았다. 그 레시피를 여러분께만 특별히 소개하려 한다. 재료는 삼겹살, 파프리카, 그리고 비장의 무기 굴소스. 먼저 파프리카를 큼직하게 자른다. 삼겹살을 굽기 시작해서 반쯤 익었을 때, 굴소스 투하. 고기가 익었다고 판단되면, 파프리카 투입. 센 불에 살짝 익힌다. 마무리로 작년부터 장식품이 된 파슬리까지 솔솔 뿌리면 끝이다. (파슬리쯤은 없어도 상관없다) 깔끔한 플레이팅은 센스. 형형색색의 파프리카와 굴소스를 머금은 짙은 커피색 삼겹살, 그리고 신비로운 초록색 파슬리의 조화라. 겉보기에는 확실히 먹음직스럽다.

퇴근한 아내에게 옷 갈아입을 시간도 주지 않고, 다짜고짜 그녀를 식탁에 앉혔다. 다분히 보수적인 누님께서는 난생처음 본 이 괴이한 요리에 낯빛이 어둡다. 허나 남편의 집요한 권유로 삼겹살 한 점, 파프리카 한 점 먹는 순간, 표정은 급변했고 그대로 흡입하시기 시작했다. 주부로서 자질을 증명한 성공작이었다.

- - -

정돈된 주방은 유쾌한 공간이다. 그건 비단 아내와의 식사를 준비할 수 있어서만은 아니다. 각종 재료로 새로운 시도를 할 요리의 세계가 열려 있다는 점에서도 그렇다. 여전히 설거지는 애써 외면하고 싶지만, 가능성이 살아 숨 쉬는 주방이 좋다. 냉동실엔 지금도 게르만 삼겹살이 남아있어서이기도 하고.

자꾸 고기는 누가 뭐래도 한우라는 분이 계시는데, 물론 저희 형편에 한우를 먹을 수 있다면야 삼겹살 따윈 기꺼이 포기할 순 절대 없다고 단호하고 정중하게 말씀드리고 싶다. 돼지꿈을 꾸는 그 날까지 말이에요. (오늘도 로또 기원!)

며느리와 시부모님, 드라마와 명절

글에 앞서 두서없는 제목을 접하며 느끼실 당혹감에 대해 심심한 사과를 드립니다. 그러나 이와는 별개로 지금 내 마음은 무척이나 들떠있다. 아내와 부모님 - 즉 며느리와 시부모님에 관한 글을 쓰고자 했는데 마침 명절이 다가왔고, 화제의 드라마《SKY 캐슬》에피소드도 있으니 잔뜩 기대감에 부풀어 있다.

얼마 전이었다. 방학이지만 특강이 있었던 터라 며칠 동안 서울 본가에서 묵게 되었다. 마침 아내도 서울 출장이 생겨 부모님 댁에서 잘 예정이었다. 밤 11시쯤 집에 들어와 보니, 미리 도착한 아내는 창백한 모습을 하고 있었다. 행동도 평소와는 다르게 안절부절해서 어디 아픈 줄로만 알았다. 그녀 왈. "자기야, 어떻게 해? 지금《SKY 캐슬》한단 말이야!" 아이고. 마침 딱 드라마 방영 시간이었고 공교롭게도 아버지께서 아직 TV 리모컨을 쥐고 계셨다. 하필 이날은 가장 중요한 클라이맥스 회차였다. 발마저 동동 구르는 아내 모습에 나도 따라 발을 동동 굴렀으나, 안타깝게도 남편이 할 수 있는 일은 없었다. "아버지! (아들을 구제할) 사랑하는 며느리가 당장 드라마를 보고 싶다네요!"라고 외칠 용기라고는 전혀 없는 소심한 남자기 때문이다.

아들도 부모님과의 관계가 쉽지 않은데, 며느리는 오죽할까. 다행히 우리 가족은 큰 갈등 없이 원만한 관계를 유지하고 있다. 이는 엄마의 공이 크다. 당신께서는 쿨한 성격의 소유자다. 주부로서 반찬을 만들다 막힐 때 여쭤보면 "유튜브에 다 있으니 참고하도록!"이라는 간결한 문자로 답변을 대신하신다. 할머니께서는 연로하시고, 아들도 장가가면서 자연스럽게 집안의 주도권은 엄마에게로 갔다. 어느 명절을 앞두고 엄마께서는 "이제 명절 음식은 간소화한다. 딱 먹을 만큼만 준비할 테니, 서운해하지 말거라!" 하고 선언하셨다. 우리 내외의 일에는 간섭을 꺼리시며 나와 (아들을 구제할) 며느리를 존중하신다. 사랑과 관심은 주시되 선을 지키시니, 참으로 지혜로우시다.

명절이면 아내는 의아해할 때가 많다. "나 시댁에서 이렇게 편해도 되니?" 하며 불안한 눈빛을 보내곤 한다. 그러나 나 역시 초조

하긴 마찬가지다. 지금껏 축적한 주부의 노하우를 맘껏 발휘하고
자 당장이라도 부엌으로 달려가고픈 마음이 굴뚝같으나, 눈치껏
여러 역학관계를 살펴야 한다. 앞치마를 두르는 시늉이라도 하면
아내가 일단 저지하려 든다. 시부모님 보시기에 못마땅해 보일 수
있다는 점을 염려하는 것. 사실 연로하신 할머니께서는 손자가 분
주히 부엌을 오가는 모습을 불편해하실 수도 있다. 이러지도 저러
지도 못하며 엉거주춤하고 있을 때, 다시 등장하시는 우리 엄마.
"아들, 네가 잘한다는 된장찌개 끓여봐, 설거지도 부탁한다~"며
느리와 아들의 속까지 헤아리시는 역시나 멋진 분이다.

관찰 결과, 아내는 시댁 식구와의 만남에서 그다지 스트레스를 받
지 않는다(고 느껴진다). 둔한 남편의 눈으로 볼 때, 워낙 천성이 낙
천적인 여성이라 그런가 보다 한다. 그럼에도 시부모님을 대할 때,
어색한 건 어쩔 수 없는 듯하다. 평소 재잘재잘 수다스러운 아내
는 시부모 앞에서는 얌전하고 조신한 며느리로 최대한 말을 아낀
다. 그러나 돌아서면 한껏 긴장을 푼 채 불평도 없이 시댁이 좋다
고 하니, 순진한 남편인 나로서는 믿을 수밖에 없다. 아버지께서도
못 미더운 아들보다는 명랑한 며느리를 더 아끼시며 둘만의 관계
가 돈독해 보이기에, 나로서는 짐짓 서운하면서도 흡족하다.

명절을 맞아 지난날을 추억해본다. 하늘에 계신 할아버지께서는 전통적인 분이셨다. 명절이면 남자들은 송편을 빚거나, 밤을 까는 등 최소한의 노동을 했지만, 할아버지를 따라 대체로 꼼짝하지 않았다. 얼른 자리에서 일어나 접시를 나르라는 엄마의 레이저빔 눈빛 덕에 엉거주춤 움직였지만, 어린 나는 이마저도 불만이었다. 시간이 흘러, 지금은 일을 분담하며 가족 모두가 즐거운 명절을 보내고자 함께 노력하니, 참으로 긍정적인 변화가 아닐 수 없다.

- - -

온 가족이 모여 이야기꽃을 피우는 풍성하고 화목한 명절에 누군가는 상처를 받기도 하고, 홀로 외롭게 보내는 분도 계시기에 아이러니하고 안타까운 감정을 느낄 때도 있다. 부디 모든 가정에서 절제와 품위, 그리고 이해와 사랑이 넘치는 아름다운 명절이 되길 바랄 뿐이다.

한국에서 남편 주부로 산다는 것에 관한 연구

목차

1. 연구 배경

세상에 난제라 할 만한 것은 많다만, 그중에 으뜸은 '나는 누구인가' 하는 물음이 아닐까. 물론 북한의 핵 문제나 심해의 대왕오징어 존재 여부, 아내의 피부 트러블 등도 분명 난제라 부를 만하지만, 이에 비할 바는 아니다. 최초의 인간인 아담부터 소크라테스, 구둣방 할아버지, 서장훈과 안정환, 나아가 유치원에 갓 입학한 아이까지 이를 고민하지 않은 이가 없을 정도다. 나 역시 한 명의 인간으로서 '나는 누구인가'라는 질문에 어설픈 사유를 하곤 한다.

군이 따지자면 나는 '대한민국 국적의 30대 유부남 주부'다. (가끔 중국인이라 오해하는 이들이 있지만, 토종 한국인이 맞다) 이 사회에서는 아직 남편 주부라는 개념이 희박한 관계로 이에 대한 연구가 절실한 상황이다. 그래서 시대적·사회적 사명을 띠고 본 연구를 진행한다.

2. 사례 분석 : 해외 유명인사 주부

비교분석을 위해 외국의 사례를 보면, 대표적인 인물로 비틀스의 존 레논을 꼽을 수 있다. 행위예술가 오노 요코와 세기의 (막장) 결혼을 하고, 아들이 생기자 그는 음악 활동을 일체 접는다. 그리고 무려 5년간 칩거하며 전업주부로 살았는데, 이는 당시 전 세계 음악 팬들에게 큰 충격을 안겼다. 하지만 몽상가 레논의 예술적 기행과 비극적 죽음에 묻혀, 그의 주부 생활에 대해서는 알려진 바가 거의 없다. 연구자의 입장에서 참으로 애석할 뿐이다. 모든 걸 내

려놓고 가정에 충실하려 했다는 것이 학계의 정설이긴 하다. (첫 번째 아내와 아들은 버렸지만)

소설가 무라카미 하루키 역시 결혼 초, 반년가량 주부로 활약했다. 그는 이 시간이 멋진 순간이었다고 회고한다. 특히 다림질만큼은 자신있다고 자랑을 늘어놓는 걸 보면 꽤 능숙한 주부였다고 추정된다. 비록 청소는 귀찮아서 꼼꼼히 하지 않았다고 실토했다만. 직접 장을 보고, 빨래를 하며, 아내를 기다리는 문인의 소박한 일상은 그의 글에 고스란히 남아 있다. 다시 주부로 돌아가길 원하지만, 마누라가 도무지 일하러 나가지 않기에 난감해하고 있다고 한다.

3. 대조군 현황 : 연하 남편 주부

진지한 연구 중에 양해를 구하자면, 잠시만요. 당장 음식물 쓰레기를 버려야 해서요.

…

매번 이런 식으로 얼렁뚱땅 성실한 주부임을 생색내지만, 연구의 객관성을 위해 제3자의 눈으로 관찰한 결과, 나는 그다지 훌륭한 주부는 못 된다. 어느 정도냐 하면, 가사가 귀찮아 일부러 없는 낮잠을 만들어 자기도 하니 말이다. 재활용 쓰레기는 무심하게 쌓여가고, 화장실 청소는 매번 내일의 할 일이 된다. 민망하기 그지없다.

때론 반복되는 사소한 일상이 따분하기도 하다. '에잇, 귀찮은걸. 청소기를 하루 정도 안 돌려도, 티 안 나겠지? 둔감한 누님은 눈치 못챌 거야' 하는 심정이다. 하지만 잠자리에 들기 전, 바닥에 떨어진 먼지와 머리카락, 꼬불거리는 기이한 털들이 눈에 띄면 (아내는 모르시겠지만) 자괴감이 밀물처럼 밀려온다. 늦은 시간에 청소기를 돌릴 수도 없는 노릇이니, 영 찜찜한 마음으로 억지로 잠을 청한다.

고백할 게 있는데, 주부인 내 모습이 초라한 적도 있다. 대낮에 장을 보거나, 쓰레기를 버리다 보면 아무래도 주변 시선이 신경 쓰이기 마련이다. 내가 아무리 슈퍼에고를 지닌 뻔뻔한 인물이라 해도, 마트 계산원이나 지나가는 아주머니께서 쳐다보시면 왠지 찔려 괜히 먼 산을 보며 눈길을 외면한다.

그렇지만 나와 비슷한 처지의 주부로 보이는 A(ㅏ저)씨를 마주칠 때마다 힘을 얻곤 한다. 엘리베이터에서 두 사람 다 양손 가득 쓰레기를 들고 멋쩍게 목례를 하거나, 가끔 마트에서 지나치면 둘이

뭔가 통하는 듯 찡긋 눈인사를 나눈다. '한국에서 남편 주부로 산다는 것을, 그대만큼은 이해하리라 믿는다'는 암묵적인 교감이(라고 멋대로 생각한)다. A씨의 눈에서 이런 메시지를 읽는다. '젊은 주부 남편, 파이팅'

4. 기초통계 및 회귀분석

부록의 복잡한 표와 난해한 그래프 참조. (그런 게 있을 턱이 없으니 열심히 찾아보지 마세요)

5. 결론 및 함의

누군가 느닷없이 "너는 누구냐?"고 묻는다면, 우물쭈물할지 모른다. 하지만 그가 갑자기 권총이라도 들이대며 "있는 그대로 말하지 않으면 쏘겠다"고 협박한다면 일단은 "ㅈ, ㅈ주부요! ㄷㅐㅎㅏㄴ민국의…"라는 대답만이 떠오른다. 지금은 집안일을 하고 있기 때문에 별도리가 없다.

집이 어질러져 있어도, 설거지가 남아도, 우리의 삶은 어떻게든 굴러간다. 그러나 일단 주부가 되어보면, 정돈되지 않은 채 흘러가는 삶이 썩 만족스럽지 않다. 비로소 기존의 눈꺼풀이 벗겨지고 새로운 시각이 생긴다. 이는 성별의 특성 때문이라기보다 주부라는 역할이 주는 미묘한 책임감에서 비롯된다. 집을 정돈하는 수고를 들이면 나와 아내의 저녁 시간이 조금 더 윤택해진다. 하루를 마무리하는 시점에 깔끔한 집에서 온전한 휴식을 취하며 도란도란 이야기를 나눌 수 있다. 이런 땀의 가치를 몸소 깨닫게 되면 집안일은 더는 시시하지 않게 다가온다. 가사를 한다는 것은 결국 가정을 회복하는 사명으로 치환되는 것이다. 옆에서 이런 나를 지켜봐주는 대인배 아내가 힘이 된다는 것은 두말할 필요 없다.

하루키는 그의 에세이 〈나의 주부 생활〉에서 이렇게 말했다.

주부적이라고 여겨지고 있는 속성 중에서 대다수는 결코 여성적이라는 것과 같은 의미는 아닌 것 같다. … (남자가 주부 일을 하면) 현 사회에서 통용되고 있는 통념의 대부분이 얼마나 불확실한 기반 위에 성립되어 있는지를 잘 알 수 있게 될 것이다.

여전히 한국에서는 남편 주부는 백수라고 손가락질을 받지만, 이는 불합리한 통념에 불과하다. 구시대적인 편견에 맞서고자 적극적으로 앞치마를 두르고, 내 한 몸 바쳐 주부 역할에 충실하고 있는 것은, 당연히 아니지만 그저 1인분의 맡은 바 역할을 다하려 성실히 노력하고 있다.

누군가가 총을 들이밀지 않아도 "나는 가사를 하는 주부입니다"라 떳떳하게 말할 수 있고, 동시에 주부에게 나름의 존중을 표하는 품격 있는 사회가 되길 바란다. 남자든 여자든 상관없이. 그리고 세상에는 돈으로 살 수 없는 가치도 있기 마련이니, 굳이 주부의 노동을 임금으로 환산하려는 시도 따위는 하지 않았으면 한다. 부끄러워하거나 초라할 필요는 없다. 그저 내가 해야 할 일을 하는 것뿐이다. 그런 의미에서 오늘은 반드시 화장실 청소를 미루지 않으리라 마음먹어 본다(라 해놓고 다음날 아침에 부랴부랴 했어요).

이상 연구 끝.

* 참고문헌: 무라카미 하루키, 그러나 즐겁게 살고 싶다(1996), 문학사상
  무라카미 하루키, 무라카미 하루키 잡문집(2011), 비채

연하의 맛

어느 개천절의 고백

_우리 커플은 어찌 만났을까?

5년 전 가을, 마침 10월의 어느 멋진 날. 서늘한 가을의 청취가 내려앉은 캠퍼스 옥상. 한 쌍의 남녀가 시간을 나누고 있었고, 오묘한 분위기가 이들을 감싼다. 한참의 정적이 흐른 후, 남자가 묻는다.

"누나, 우리 한번 만나볼래요?"

- - -

기억에서 지워내고 싶을 만큼 오글거리는 순간이었지만, 부끄럽게도 이는 명백한 사실이다. 한참이나 어린 내가 뭘 믿고 그랬는지 몰라도 누님께 마음을 고백했다. 그런데 지금 와서 곰곰이 복기해보니, 모든 일련의 과정이 노련한 세 살 연상 누님의 계략인 것만 같은 의심을 지울 수 없다. 티 없이 순수한 학생이던 나는 연상녀의 교묘한 덫에 걸렸음이 분명하다.

사실 우리가 처음으로 만난 때는 이 고백의 시점으로부터도 무려 4년 전이었다. 2010년 3월. 영미어문과 전공 기초수업이었던 〈언어학개론〉의 첫 시간. 당시 나는 풋풋한 2학년 대학생이었고, 동아리 부단장이었다. 행사 준비를 위해 명단을 확인하면서 혹시 몰라 학과 선배님들의 이름을 머리에 넣어뒀다. 만나게 되면, 밥이라도 한 끼 얻어먹을 요량이었다. (후배의 특권이잖아요)

마침 수업에 익숙한 이름이 있었다. 분명 암기했던 선배님의 성함이었다. 그런데, 05학번? 흠, 학교의 삼엽충 화석 같은 분이시구나… 어쨌든 첫 수업이 끝난 후 찾아가 "16기 왕찬현입니다! 만나뵙게 되어 영광입니다, 선배님!" 90도로 깍듯이 인사드렸다. 처음 그녀를 만난 날이었다. (알고 보니 그녀는 해당 과목에서 C학점을 받아 재수강하고 있었다)

학기 중에 밥 한 끼 얻어먹었다. 예의 바른 후배인 척 꼬박꼬박 정중하게 인사드렸던 전략의 성공이었다. 봄학기를 마무리한 나는 이윽고 군대에 갔고, 그 후로는 딱히 어떤 교류도 없었으니 그저 스쳐지나는 인연인 줄로만 알았다. (참고로 난 그 수업에서 A+를 맞았다)

누나, 우리 한번 만나볼래요?

시간이 흘러 이번에는 2014년 8월. 아프리카 교환학생을 하고 막 돌아온 시기였다. 반년간의 아프리카 생활을 정리하는 의미에서 SNS에 사진을 업로드했다. 그런데 갑자기 날아온 메시지 하나. "찬현아, 지금 아프리카니?" 그 선배님으로부터 온 메시지였다. 무려 4년 만이었다.

역시나 예의 바르게 자초지종을 설명해 드렸더니, 아프리카에 대해 궁금한 점이 많다고 만나서 밥 한 끼 먹자 하셨다. 그녀는 직장인이었고, 학교 근처에서 자취하고 있었다. 약속은 금방 잡혔으며 며칠 뒤 그녀를 만나게 되었다. (이제 와서 아내는 예의상 '밥 먹자' 한 거라고 주장하고 있긴 하지만) 신촌에서 치맥을 하고, 그녀의 리드로 한 낡은 카페에 들어선다. 클래식이 흐르는 소박한 공간이었다. 세월의 흔적이 곳곳에 묻은 부드럽고 아늑한 분위기 때문인지, 얘기가 잘 흘렀던 것 같다. 그 후, 둘의 연락은 잦아졌다.

4학번 선배님이자, 3살 연상의 누님이신 그녀는 본인도 공부가 필요하다며 도서관에서 함께 공부해도 되냐 물었다. 굳이 모교 도서관에서 하고 싶단다. 나는 취업을 위해 더는 물러설 수 없었기에 도서관에서 죽치고 있던 때였다. 마지못해 승낙한 후로, 우리는 그곳에서 자주 시간을 보냈다. 그녀는 야근 없는 날, 혹은 야근을 뿌리치고서라도 날 만나러 학교 도서관으로 향했던 것으로 보였다. (빈 자리를 건너뛰고 굳이 내 앞에 앉았으며, 막상 열심히 하지는 않으셨다)

어쨌든 그녀의 노련한 전략(?)은 통했고, 20대 중반의 남성은 설렘을 느꼈다. 실로 오랜만에 찾아온 생생한 감정이었다. 때는 10월 3일 개천절. 그녀는 미용실에서 머리를 새로 했다며 은연중에 만나자는 뉘앙스를 풍겼다. 시험공부고 뭐고 일단 제쳐두고, 그녀를 보러 나갔다. 가을 저녁의 캠퍼스는 고요했고, 또 아름다웠다.

- - -

3살 누님에게 (남여) 큰 용기를 냈건만, 그녀의 반응은 예상외로 미지근했다. 나이 차가 많이 나고, 본인은 결혼도 생각해야 할 시기며, 너는 아직 학생이고… 무슨 이유가 그리도 많은지. 수컷이 뿜는 아드레날린에 힘입어 그녀를 잡았다. 못 이긴 듯 새침하게 고백을 받아준 그녀.

10월의 어느 멋진 날에,
3살 연상연하, 4학번 차이, 학교·학과·동아리 커플은 그렇게 시작되었다.

이 광활한 우주에서,

한 남자와 한 여자의 순수한 접촉이었다.

상쾌하지만 동시에 포근한 바람이 볼을 스치우는 어느 가을이었다.

이 글을 쓰면서 다시금 느끼지만, 그녀가 나를 꼬신 게 확실하다. 여러분이 보시기에도 제가 걸려든 게 맞죠?

좀팽이 연하 남편의 생존전략

부끄러움을 무릅쓰고 고백하건대, 나는 상당히 속 좁은 남자다. 사고 싶은 물건이 있으면 이리저리 잔머리를 굴려서라도 기어이 그럴듯한 이유를 만들고, 합리적인 (척하는) 구매의 당위성을 주장한다. 그러나 인터넷 쇼핑몰에서 5만 원짜리 코듀로이 바지를 주문하려는 아내의 희망을 선뜻 지지하기 어려울 때가 있다. 그야말로 '내로남불'의 정석이기에 찔리기도 하지만 아직 여물지 않은 인격이라 어쩔 수 없겠거니 하고 넘어간다. 한 뼘이라도 마음을 넓히고자 노력은 하는데, 그게 쉽지는 않다.

그러나 옹졸한 면과 동시에 약삭빠르고 기민한 구석도 있다. 그래서 좀스러움을 곧잘 대범함으로 포장하곤 한다. 찜찜해도 겉으로는 아내의 구매 의사를 적극적으로 응원하며, 다음과 같은 말을 덧붙이기도 한다. "우와, 바지 예쁘네~ 잘 어울리겠다. 얼른 주문해요. 근데 내 운동화가 좀 낡았네…" 이처럼 얼렁뚱땅 내 물건을 끼워 넣는다. 구렁이 담 넘어가듯 하는 이런 '좀팽이 포장·은폐' 전략은 다분히 유용하다. 특히나 배우자가 연예인에게 빠졌을 때면 더욱더 그렇다.

최근 아내는 배우 서강준에게 꽂혔다. 《제3의 매력》이라는 드라마를 본 후로 아주 난리도 아니다. 희대의 고구마 드라마라는 오명을 얻었지만, 그녀는 의리 있게 종영까지 사수했다. 드라마라는 게 별건가, 시청자가 작은 즐거움을 얻으면 그만이지. 문제는 아내가 서강준이란 배우에 이미 빠져버렸고, 눈이 하트로 변하기 일보 직전이란 것이다. (심지어 나 몰래 인스타 팔로우까지 하셨다) 아는지 모르는지, 남편의 속은 뒤틀린 채 '나도 남자다!'라고 외치며 질투심이 꿈틀댄다.

이럴 때 소위 좀팽이 포장은 매우 효과적이다. 질투의 불길한 느낌이 감지되면 되레 내가 먼저 팬임을 자청한다. "서강준 진짜 잘 생겼더라. 어쩜 그리 이목구비가 뚜렷한지. 연기까지 잘하고, 멋져!"라며 선제 대응을 하는 것이다. (진심으로 그가 잘 생겼고 연기를 잘한다고 생각하니, 거짓말은 아니다) 그럼 아내는 본인의 취향을 존중해주는 어린 남편의 넓은 아량에 감동할 뿐더러, 바라지도 않은

'엄지척'을 하며 내가 더 멋지다고 해준다. 이후로는 희한하게도 해당 연예인에 대한 애정은 금방 식어버린다. 감히 작전의 성공이라 할 만하다.

이런 약삭빠른 대응 방식은 경험으로 습득되었다. 과거 이야기를 할 때면 아내의 눈치가 보이긴 한다만, 10년 전 당시 여자 친구와 영화 《아저씨》를 봤다. 잔뜩 분노한 원빈 아저씨가 바리캉으로 본인 머리를 밀던 그 장면에서 '아니, 혼자서 어떻게 저리도 깔끔하게 밀 수 있단 말인가!'보다는 '어머나, 남자가 봐도 저리 멋질 수가!'라는 감탄에 휩싸였다. 영화가 끝나고, 나는 해맑은 표정으로 그녀 앞에서 원빈 칭찬을 늘어놨다. 마땅히 본인이 해야 할 반응을 오히려 남자 친구가 하고 있으니, 당황한 기색이 역력했다. 미남 배우에게 질투를 느낄 위기를 어물쩍 넘겼기에, 가히 유레카적인 사건이었다.

체득을 중시하는 경험주의자 남편은 가정을 꾸린 후, 이 전략을 능수능란하게 활용한다. 청춘 미남 서강준이든, 《미스터 션샤인》의 검은 머리 미국인 이병헌이든, 잘생김을 연기하는 류준열이든, 그들을 향해 한없이 흔들리는 아내의 감정을 포용할 여유가 넘친다. 멋지고 매력적인 분들이 매체에 노출되어 사람의 마음을 건드리는 것은 어쩌면 당연한 일. 잘생기지 않은 남편은 그렇게 유연하게 대처하고 있다.

독자들이 보시기에 다소 황당할 수 있으나, 이는 부부관계를 유하게 하는 나만의 생존전략이다. 본래 속 좁은 이가 질투심에 혼자 끙끙 앓다가 화병에 걸리느니, 그냥 뻔뻔하게 대인배인 척하는 것이다. 내 마음도 편하고, 아내도 남편에게 공감을 받을 수 있어 좋다. 이해심 많은 남편으로 인정받는 것은 덤이고. 이 또한 같은 시간과 공간을 나누는 배우자와 함께하는 삶의 지혜가 아닐까 하는 섣부른 자기 위안을 해본다. 직접 개입할 수 없는 감정의 영역에 굳이 기분 상하지 않고 흔쾌히 넘어가는 것. 상대를 있는 그대로 받아들이며, 나는 여물지 않은 인격을 닦고 있다. 혹시나 또 모르지 않는가. 이러다 남편이 정말 관대한 인물로 거듭날지.

논점에서 다소 벗어나지만, 개인적으로 기쁜 소식을 나누고 싶다. 이런 생존전략의 부수적인 결과로 나는 그토록 학수고대하던 아이패드를 사게 되었다! (사실은 아내가 사주셨다) 대학원생으로서 수많은 논문을 읽고 공부해야 하는바, 아이패드는 유용하리라는 합리적인 의사결정이 있었다. (내로남불의 최대 수혜자라고나 할까요)

아내의 소개팅

묘한 운명의 장난인지, 과거 아내의 소개팅남과 같은 아파트 단지에 살고 있다. 배우자의 소개팅 전력은 금기의 영역이지만 동시에 궁금증이 폭발하는 대상이기도 하다. 대화의 성역이 사실상 무너진 우리 부부는 스스럼없이 지난날의 소개팅 이야기를 한다. 기혼자 선배님들께서는 배우자의 과거는 건들지 않는 것이 지혜라고들 하는데, 나와 아내는 이를 터득하려면 아직 멀었나 보다. 오히려 누가 먼저랄 것도 없이 본인의 소개팅 자랑을 하며 키득거리고 있으니, 둘 다 참 철이 없다.

먼저 나의 소개팅 전적을 굳이 밝히자면, 3전 1승 1무 1패다. 3이라는 초라한 숫자에, 혈기왕성했던 지난날의 나는 대체 뭘 했는지 공허한 후회가 밀려온다. 지금도 소개팅에 앞서 설레하는 친구를 보면 새삼 부럽기도 하지만, 이미 돌이킬 수 없는 강을 건넌 나로서는 마땅히 감내해야만 한다. 첫 소개팅 경험은 21살 때였다. 처음이기도 했고, 상대가 무려 의대생이었기에 매우 긴장했다. 결과적으로는 서로의 손을 관찰하며 힘줄이 뭔지, 뼈가 뭔지 정확하게 배웠던 알찬 시간이었다. 친구로 지내기로 했으나 그 뒤로 연락은 없었다. 두 번째는 역사적인 1승의 소개팅이었고, 그분과 잠시 교제했으나 금방 헤어졌다. 세 번째는 매몰차게 거절당했다.

반면 주워들은 말을 종합해본 결과, 아내는 소개팅 다수 경험자임이 분명하다. 적게 잡아도 10번 이상은 한 것으로 추정된다. 본인 입으로는 애프터 신청이 빈번했다고 자랑을 하는데, 확인할 방도가 없으니 곧이곧대로 믿을 수밖에.

가끔은 그녀의 과거에 흠칫 놀란다. 앞에서 말한 아파트 단지에서 소개팅남을 목격했다는 얘기를 듣는 경우다. 오랜만에 얼굴을 봐서 반가웠다고 환하게 말하는 아내를 보며 애먼 가슴을 쓸어내린다. 하지만 이 정도로는 큰 타격을 입을 내가 아니다. 부부관계의 근간을 뒤흔들었던 더욱 무시무시한 일도 겪었기 때문이다.

우린 종종 집에서 영화를 본다. 하지만 서로의 취향에 맞는 영화를 고르는 일이 그리 만만치 않다. 이리저리 살피던 중, 평소 좋아하는 감독인 크리스토퍼 놀런의《인터스텔라^{Interstellar}》가 눈에 띄었다. "이건 어때?"라고 묻자, 아내는 시큰둥하게 "아 저 영화, 소개팅남이랑 봤어." 하며 거절 의사를 분명히 밝혔다. 뭐 그럴 수도 있지, 대범하게 넘기려는 순간, 갑자기 아찔한 충격과 공포, 그리고 전율에 휩싸였다. 우리의 연애 시작은 2014년 10월. 영화 개봉일은 같은 해 11월이었던 것이다!

아무리 아량이 넓은 사람이라도, 배우자의 숨겨왔던 양다리 낌새를 포착하면 한껏 날카로워지기 마련. 배신감으로 산산이 조각난 정신을 가까스로 부여잡고, 아내를 추궁하기 시작했다. "어떻게 그럴 수가 있느냐!"고 외치는 선량한 남편의 모습은 참으로 딱하기 그지없었다. 개봉일이 잘못됐다고 뻔뻔하게 우기는 아내와 옥신각신하며 진실을 밝히고자 분투했다. 전말은 이러했다. 황당하게도, 아내는 영화《그래비티^{Gravity}》와 혼동해서 착각했던 것이다.

그 뒤로 우주 영화에 영 흥미를 잃었다.

스타워즈의 할아버지가 와도 보고 싶지 않다. 대신 기억이 떠오를 때마다 아내를 놀리는데 재미를 붙였다. "인터스텔라는 재밌었니? 그 남자는 어땠니~?" 그러면 아내는 발끈하며 되레 애꿎은 나의 과거를 들먹이며 반격을 하곤 한다. 그러나 티 없이 맑은 과거의 소유자인 남편은 대수롭지 않다는 듯 넘길 수 있다. 그저 위와 같은 시시콜콜한 시간에 소박한 즐거움을 느낄 뿐이다. 이렇게 말하면 아내의 약점을 잡고 괴롭히는 악덕 남편으로 보일까봐 심히 우려된다. 참고로 나는 주로 공격당하는 선량한 약자라는 것을 알아주셨으면 한다. 그래 봐야 털릴 건덕지 없는 투명한 남자지만. 후훗.

오늘도 돌아오는 길에 아내의 소개팅 장광설을 들었다. 누구는 빌딩이 있었고, 누구는 서울대생이었으며, 누구는 몸이 좋았고, 또누구는 알고 보니 게이였다고도 한다. (헉!)

연하 남편의 마음을 어루만질 줄 아는 노련한 아내는 이런 말도 빠뜨리진 않는다. "그래도 나는 우리 남편이 제일 좋아!"라며 다짜고짜 내 볼을 꼬집는 그녀를 보니 일종의 부채 의식을 느낀다. 쟁쟁한 인물들을 뒤로하고 나를 택한 그녀의 박탈감이 내심 걱정되기 때문이다. 당장 빌딩을 가질 수도, 학벌을 세탁할 수도, 몸짱이되기도 힘들기에 주어진 하루를 더욱 열심히 살고자 되새긴다.

과거 아내의 소개팅을 떠올리며 스스로 성장하려는 의지를 불사른다는 것이 조금 어처구니없지만, 매일 한 뼘이나마 자라는 남편이 되길 바란다. 그렇다고 배우자의 과거를 묻어주는 지혜를 터득할까 하는 의문이 들기는 하지만.

훗날 아내의 친구로부터 그녀의 별명을 듣게 되었다.
이른바 '에프터리스Afterless'. 누구 하나 믿기 어려운 세상이다.

애처가와 공처가

어쩌다 글을 쓰고는 있지만, 원체 어휘력이 턱없이 부족한지라 포털의 검색창을 자주 이용한다. 모호하게 다가오는 낱말들을 검색해, 인터넷 사전에서 정확한 의미를 알아둔다. 이 과정에서 때론 부작용이 발생하곤 하는데, 이게 다 연관검색어 탓이다. 생각 없이 클릭하다 보면 어느새 삼천포에 빠진 나를 발견하고 만다. 그나마 이 정도면 양호한 편이고, 해당 검색어로 나무위키나 유튜브 결과라도 뜬다면 참으로 난감하다. 정신줄을 놓고 있으면, 어느새 1~2시간이 허무하게 날아가버린다.

어제는 문득 '애처가'와 '공처가'라는 단어의 흐릿한 경계를 해결하고자, 늘 그렇듯이 검색창에 이를 입력했다. 그런데 사전에 접근하기도 전에 '공처가 유머'라는 연관검색어가 눈에 띄었다. 또 초심을 잃어버리고 삼천포를 헤매는 여정을 떠날 수밖에. 처음 마주한 글을 통해 공처가의 의미를 정확히 이해하게 되었으니, 그 내용은 아래와 같다.

세 친구가 술집에서 자신들의 아내에 대한 얘기를 나누고 있었다. 서로 어떻게 하면 마누라를 순종하게 하는지 자랑을 했고, 마누라가 자신에게 쥐여산다고 떠들어댔다. 그러나 한 친구는 계속 침묵을 지키고 있었다. 다른 두 친구가 말했다.
"이봐, 자네는 어때? 얘기 좀 해봐."
그러자 한참을 생각하더니 말했다.
"우리 마누라는 무릎을 꿇고 엎드려서 내 앞으로 다가오지."
"와… 그래? 그래서 어떻게 되나?"
"그리고 마누라는 내게 이렇게 말한다네. '침대 밑에서 빨리 나와라. 아니면 정말 국물도 없다!'"

참으로 간담이 서늘한 유머가 아닐 수 없다.

차갑게 식은 간과 쓸개를 간신히 부여잡고, 힘 풀린 눈으로 모니터를 바라보니 이번에는 나무위키의 '공처가' 항목이 보였다. 또다시 불가항력적인 힘에 이끌려 무의식적으로 해당 페이지를 클릭했다. 모니터 상단에 의미심장한 사진 한 장이 걸려 있었는데, 갈퀴가 풍성한 풍채 좋은 수사자가 세상 억울한 표정으로 코너에 몰려 있었다. 그리고 바로 옆에는 성난 암사자가 날카로운 이빨을 드러내고 고함을 치며 녀석을 구석으로 몰아붙이고 있었다.

다시금 정신이 혼미할 정도로 아찔함을 느꼈으나, 곧 평정심을 되찾고 자세를 바로 하며 나의 결혼 생활을 되돌아보는 진지한 성찰의 시간을 가져보기로 했다. '아내를 아끼고 사랑하는 남편'인 애처가와 '아내에게 눌려 지내는 남편'인 공처가 사이, 과연 나는 어디에 서 있는가 하는 존재론적 질문을 던지기 시작한 것이다.

그 자리에서 한동안 깊은 번뇌와 내적갈등이 있었다. 아내를 향한 마음과 행동을 종합하여 내린 결과, 다행히 현재로서는 애처가에 가까운 것으로 보인다. 그러나 갈대 같은 마음이 다시 동요하기 시작했으니, 청나라 시대의 소설 『팔동천』에 언급된 공처가의 세 가지 유형을 접한 후였다. ▲본인의 능력이나 지위가 부족해 아내를 두려워하는 유형 ▲아내의 재주가 뛰어나 부끄러워하는 유형 ▲그리고 아내를 너무 사랑한 나머지 아내에게 기를 못 펴는 유형.

직장을 나온 뒤, 다시 공부를 시작하며 학생 신분으로 연명하는 나로서는 가정 경제를 책임지는 아내의 능력이 남편보다 뛰어나다는 사실을 인정하지 않을 수 없다. 또한 나는 소심한 인물이기도 하니 내 처지가 한 점 부끄럼이 없다고 말하기에는 상당히 민망하다. 거기다가 아내는 나보다 무려 3,000끼 이상의 밥을 더 드신 인생의 선배님이시니, 두려움의 대상으로서 남편이 기를 못 펼 조건마저 갖췄다. 누가 봐도 꼼짝없이 공처가라 할 만하다.

그럼에도 불구하고 아직끼지는 지 불쌍한 백수의 왕같이 아내의 압박에 밀려 골방 구석으로 몰린 적은 단연코 없다. 그래서 다소 무책임하지만, 현시점에서 나 자신을 애처가로 세뇌하기로 했다. '나는 (공처가가 아니고) 애처가다!'라고 마음속에서 당당히 선언했다는 사실을 알면 누님 아내는 픗 하고 코웃음 칠지도 모르겠다. 아무렴 어때, 잔뜩 움츠린 어깨를 하고, 애처롭고 억울한 표정을 지으며 침대 밑으로 몰리는 곤경에 처하지 않는다면, 그걸로 됐지 싶다.

공처가였던 실존 인물의 면면을 살펴보니, 위안이 되기도 한다. 소크라테스, 사마의, 하이든, 링컨 등. 감히 이런 훌륭한 인물들과 같은 범주에 나란히 묶이는 것도 나쁘지는 않겠다. 남들이 보기에는 아내에게 쥐여사는 처량한 공처가였을지 몰라도, 그들은 본인 스스로 애처가라 자부하며 가정에서 행복을 누렸을지도.

아내가 이 글의 초안을 읽고 하는 말.

"모름지기 애처가와 공처가는 남편의 마음가짐과 행위로 나뉘는 것이 아니다! 아내가 하기 나름이지. 배려와 사랑이 넘치는 아내를 둔 남편이 애처가가 되는 것이다. 고로 네가 애처가인 것은 다 내 덕분이니 고마워해!"

골수를 찌르는 아내의 직설과 진리의 말씀에 다시금 간담이 서늘해지고, 자칫 잘못했으면 침대 밑으로 들어갈 뻔한 초유의 위기를 무사히 넘겼다는 사실에 안도감을 느낀다. 그러나 오늘도 나는 애처가와 공처가라는 모호한 두 개념 사이에서 갈팡질팡하고 있다.

*사진 출처 : 나무위키

https://namu.wiki/w/%EA%B3%B5%EC%B2%98%EA%B0%80

클래식이 흐르는 카페에서 추억 한잔

대낮에 혼자 커피를 홀짝인다. 클래식이 들리는 한적한 카페에서 멍한 채로 그러고 있다. 평화롭고 유들한 피아노 소품곡이 들려온다. 모차르트 피아노 트리오 K.564 2악장. 이라고 음악적 교양을 뽐내며 유식한 채 중얼댄다면 폼이 착 났을 텐데. 퍽이나 아쉽다. 낯익은 곡인 걸로 보아, 모차르트는 맞는 것 같다. 뭐 어쨌는, 유려하게 흐르는 클래식에 영혼을 뉘인 채 최면에 걸린 듯 두 쌍의 남녀를 염탐하는 중이다.

이곳은 신촌에서 가장 오래된 원두커피 전문점이다. 들어가는 입구에 걸린 큰 액자에 그렇게 적혀 있다. '조금은 촌스럽지만 사랑과 낭만이 넘쳐 흐르는 곳'이란 진지하게 촌스러운 글귀도 보인다. 하지만 여전히 촌티를 못 벗은 나에겐 오히려 편안한 공간이다. 청승맞게 혼자여서 그랬는지 몰라도. (참고로 난 서울 남자다)

사장님이 메뉴판을 무심하게 건네신다. 과묵하지만 여유로운 인상이다. 콜드브루 한 잔을 주문할 때쯤 한 쌍의 남녀가 들어왔다. 마침 손님은 나뿐이라, 차분히 독서하고 싶었지만 방해꾼이 등장한 것이다. 여자가 이 카페를 안내했는지, 남자를 리드한다는 느낌이 물씬 들었다. 창틈 사이로 햇빛이 사선으로 쏟아지고, 흥미로운 남녀도 나타났으니, 에라 모르겠다. 대화를 (엿)듣기로 했다. (들리는 걸 어떡해요)

독사 같은 예리한 감각에 비춰봤을 때, 분명 커플은 아니다. 젊은 그들에게서 산뜻한 콜드브루 향이 풍기고 있었다. 대화를 (엿)듣다 보니, 남자가 더 어린 것 같다. 그런데 이 녀석. 남자만이 눈치챌 수 있는 진한 테스토스테론을 뿜고 있네. 여자는 이 친구에게 마음을 줄 듯 말 듯 참하고 모호한 태도로 차분히 얘기를 들어준다.

한숨이 나왔다. 이 멍텅구리가 상대에게 매력을 뿜내려 헛소리를 해대는 걸 듣고 있으니, 내가 다 부끄러워 어디 화장실에라도 숨고 싶을 지경이었다. 감명받은 영화가 어쩌구, 좋았던 책이 저쩌구, 침까지 튀기며 열변을 토한다. 한참 형인 내가 보기에는 죄다 한심스러운 말뿐이었다. 이제 막 알아가는 단계인 것 같은데, 이 어색한 분위기 어쩔 거니. 당장이라도 다가가 녀석의 어깨에 팔을 걸

애정 표현은 자제해 주세요!

치고, '이봐 젊은 친구, 그게 아니지. 힘을 빼야 허세도 먹히는 거라구. 형이 말야, 누님 꼬시는 건 기가 막히게 잘하는데…' 하고 코칭해주고 싶은 심정이었다. 클라리넷과 하프시코드가 흘러나왔다.

때마침 다른 커플이 들어왔다. 함께 보낸 시간이 농익은 원숙한 연인으로 보였다. 그때부터 남다른 분위기가 엄습해왔으니, 이분들 눈빛이 예사롭지 않았다. 언뜻 봐도 애정의 농도가 짙다. 역시나 자리에 앉자마자, 뭐가 그리 좋은지 서로의 손을 만지작거리며 귓속말을 해댄다. 어찌나 달콤하던지 엿듣고 싶은 마음이 싹 가실 정도였다. 콜드브루로 속이나 식히자. 하… 하다하다 이제 상대의 볼을 쓰다듬기까지! (겄다 젔어) 메뉴판에는 이렇게 적혀있다. '미네르바는 커피와 음악, 그리고 대화를 나누는 공간으로 이용해 주시면 감사하겠습니다. **애정 표현은 자제해 주세요.**' (볼드체에 밑줄까지 그대로 옮겼다)

한쪽에서는 영글지 않은 남자가 호기롭게 누님께 대시 중이고, 또 한쪽에서는 열정적인 커플이 무지막지한 애정행각을 벌이고 있다. 참담한 심정이었다. 하필 이 타이밍에 엘가의 〈사랑의 인사〉는 뭔데. 첼로의 선율이 더없이 아름다워 더 서럽다. 이거 참, 나도 부산에서 아내를 소환해야 하나 싶었다. 물론 이들만큼 생생한 감정을 표현할 자신은 없다만, 내 편이 필요한 시점이었다. 마침 하늘이 도우셨는지, 과묵한 사장님께서 적절한 타이밍에 등장하셨다.

"손님, 여기서 이러시면 안 됩니다. 과도한 애정행각은 자제 부탁드려요."

역시 45년 된 카페 사장님의 위용이란. 본인들도 무안한지, 주위를 쓱 둘러보고 목소리를 낮춘다. 하지만 그것도 잠시였다. 다른 쪽에서는 여자가 마침내 마음을 열었는지, 말랑하고 섬세한 대화가 이어지고 있었다. 심히 외로웠다.

줄곧 자리를 지키시던 사장님께서 일어나셨다. 그리고 커다란 검은색 로스터기를 작동시킨다. 원두를 넣고, 기계를 돌리니 윙 하는 소리가 잠시 음악을 덮는다. 이윽고 풍미 있고 고소한 커피 향이 작은 공간에 번져간다. 원두 볶는 향과 청아한 바이올린 선율, 그리고 따스한 햇볕에 깨어 나는 번뜩 다시 현실로 돌아온다.

- - -

추억이 눅눅히 배인 장소에서 콜드브루를 마시고 있다. 오래되고 좁은 카페에 손님이라곤 나 혼자다. 잠시나마, 풋풋했던 지난날의 나와 그녀, 서로를 향해 한껏 뜨거웠던 우리를 만났다. 한 잔의 작은 세계를 음미할 때면, 음악과 햇빛과 향기, 그리고 그 안에 담긴 무수한 추억과 감정이 어우러져 올라온다.

추억을 머금은 공간이 아직 있다는 게 다행이라 느껴질 때가 있다. 촌스럽지만 사랑과 낭만이 담긴 그런 공간 말이다.

다 저희 얘기입니다. 흐미. 4년 전에 정말 쫓겨날 뻔했다고요.

크리스마스에 처음 만난 장인 · 장모님

그날, 나는 뜬눈으로 밤을 지새웠다. 주변에서 들리는 코 고는 소리 때문만은 아니었다. 사우나 덕분에 몸은 노곤했지만, 도저히 잠을 이룰 수 없었다. 아, 당시 나는 처량하게도 혼자 찜질방에 있었다. 아무 연고도 없는 부산의 어느 찜질방. 그리고 이날은 공교롭게도 12월 24일. 다시 한번 강조하지만, 온전히 혼자였다. 그것도 크리스마스이브에.

몇 시간 전, 날벼락 같은 소식을 들었다. 여자 친구와 광안대교를 바라보며 스테이크를 썰고 있을 때였다. 우리는 학생-직장인 신분을 넘고, 서울-부산 거리를 뛰는 커플이었는데, 조촐하지만 크리스마스의 정취를 느끼고자 간 레스토랑이었다. 한창 이야기를 나누며 칼질을 하다 보니 그런대로 분위기가 무르익었다. (몇 번이나 느끼한 멘트를 날렸는지도 모른다) 그때 그녀에게 의문스러운 한 통의 전화가 왔다. 잠시 그녀가 자리를 비운 사이, 반짝이는 광안대교를 보며 이런 생각을 했다. 이 만남을 지속할 수 있을까. 이제 학교도 졸업해야 하고, 취업 전형은 아직 진행 중이다. 까딱하면 꼼짝없이 백수가 될 텐데.

잠시 뒤 자리로 돌아온 그녀는 배시시 웃고만 있었다. 아니, 이 누님께서 불안하게 왜 이러시나, 벌써 크리스마스 캐럴에 잔뜩 취하신 건가. 그녀는 의외로 차분하고 담담한 목소리로 말을 꺼냈다.

"엄마, 아빠께서 지금 부산으로 오고 계신대. 남자 친구 한 번 보고 싶다고 하시네. 내일 같이 만날까?"

질문을 가장한 참으로 황당한 통보가 아닐 수 없었다. 아니, 딸의 비루한 취준생 연하 남자 친구를 반갑게 만나주실 부모님이 세상에 어디 있단 말인가. 더군다나 몇 달 전, 혼인 적령기 딸이 연애 사실을 공개했을 때, 그녀의 아버님께서는 이렇게 말씀하셨단다. "…… 학교 후배에, 3살이나 어리다니……." 그야말로 지당하신 반응이라고, 지금까지도 생각한다. 그런데 당장 내일, 느닷없이 뵙게 되다니. 오, 신이시여, 어찌하여 제게 이런 시련을 주시나이까….

MERRY CHRISTMAS

깜짝놀랄만한 크리스마스 선물을준비했어!

'……', 이 공기의 여백은 곱씹을수록 무시무시했다.

다음날 오전, 나는 꾀죄죄한 모습으로 찜질방 앞에서 차를 기다렸다. 어깨에는 여행 가방을 걸고, 짙은 다크서클이 두 뺨까지 내려앉아 있었다. 이 와중에 어처구니없게도 근심과 염려는 찜질로 해결될 문제가 아니라는 지혜를 터득하는 중이었다. 끊임없이 발끝을 까딱까딱 튕겨도, 손을 오므렸다 폈다 해도, 아무리 한숨을 내쉬어도 마음의 평안은 오지 않았다. 이윽고 은색 자동차 한 대가 내 앞으로 미끄러져 다가왔다. 이미 영혼은 사우나 증기와 함께 날아간 뒤였다.

목구멍으로 들어가는지, 콧구멍으로 들어가는지 알 수 없던 크리스마스 브런치였다. 달맞이 고개에 위치한 고급 카페였는데, 그 당시에 도대체 무엇을 먹었는지, 어떤 대화를 나눴는지 도무지 떠올릴 수 없다. 단편적인 기억 조각에 의존하자면, 무거운 분위기는 아니었다. 긴장하지 않은 척, 살갑게 "아이고 아버님, 어머님! 그러셨어요?" 맞장구를 치며 밝은 인상을 남기고자 분투했으나 머릿속 필터가 나갔는지 입 밖으로 무슨 말을 하는지 모른 채 떠들어대고 있었다. 다행히 인품이 훌륭하신 부모님께서는 딸의 연인이란 이유 하나만으로, 나를 있는 그대로의 모습으로 대해주셨다. 그

것만은 또렷하게 기억나 지금껏 감사할 따름이다. 또 하나 확실하게 생각나는 것은 생글생글 장난스러운 표정을 짓는 그녀의 얼굴. 아, 갑자기 화가 나려 하네.

지금도 그날을 떠올리면 언제나,

"……."

이런 식으로 반응하게 된다. 이,

"……."

로 표현되는 감정은 경험해보지 않은 사람은 이해가 잘 안 갈는지 모른다. 매우 섬세하면서도 둔탁한, 미묘한 실타래 같은 감흥이랄까. '시간을 되돌리고 싶어, 힝' 하다가, '에이, 뭐 그때 마음에 드셨으니까, 결혼을 허락하셨겠지' 하면서도, '하, 그래도 너무 창피해서 쥐구멍에라도 숨고 싶은걸' 하는 식이다. 여러 잡다한 생각들이 뒤엉켜,

"……."

라는 여백이 된다. 장인어른께서도 분명 그런 묘한 감정이었으리라.

- - -

그로부터 한 달여 시간이 흐른 후. 말끔한 정장 차림에, 양손에는

홍삼 박스를 켠 채 길을 떠난다. 처가댁이 될지 모르는 곳으로 말이다. 2016년 설날이었다.

"……"라는 표현은 무라카미 하루키의 글에서 영감을 얻었습니다.

첫사랑에게

2012년 봄, 4월의 어느 주말.

군복을 입은 건장한 사내 세 명은 원주의 한 영화관에 들어선다. 전투모와 가슴팍에는 네 개의 작대기가 달려있다. 기골로 보아서는 어떠한 전투도 불사하겠다는 비상함이 풍겼으나, 표정만큼은 감수성 풍부한 여린 소녀들이었다.

2시간 뒤. 퉁퉁 부은 눈을 한 그들은 누가 먼저랄 것도 없이 이렇게 외친다.

"이건 내 얘기다! 그야말로 경영학개론이다!"
"무슨 소리냐? 영락없는 영문학개론이다!"
"쫌찌들은 입 다물라! 니들이 사랑을 아냐? 뮤지컬개론이다!"(이

국군 장병들은 그렇게 첫사랑 영화 《건축학개론》을 보고 눈물을 흘려대고 있었다.

- - -

그로부터 3개월 후, 나는 영화처럼 첫사랑과 헤어졌다. 전역한 지 한 달이 채 되지 않아 이별을 통보받았다. 당시 그녀는 외국에 있었고, 얼굴을 직접 마주한지 꽤 오래된 시점이었다. 전역의 환희는 이별 앞에 처절하게 무너졌고, 그렇게 나의 첫사랑은 끝나고 말았다.

- - -

한 달 전, 동아리 동기의 청첩장을 받는 자리였다. 나는 유일한 기혼자로서 '결혼 생활의 현실은 이러하다, 부부 생활은 전투의 연속이다, 남자는 여자 하기 나름이다' 등 시시콜콜한 잔말을 떠들고 있었다. 그때 누군가 이렇게 물었다. "지안이(가명), 만삭인 거 알아?" (첫사랑은 동아리 후배였다)

바람같이 내 곁을 떠난 그녀는 좋은 사람을 만나 결혼을 했고, 아이까지 가졌단다. 놀라기는 했지만, 기분이 나쁘진 않았다. 단지 알 수 없는 묘한 감정이 스멀스멀 올랐을 뿐. 집에 돌아오는 길에, 이 얘기를 아내에게 해야 하나 고민했다. 그러나 소통 욕구가 충만한 내 주둥아리는 결국 넘지 말아야 할 금기를 밟았다.

- - -

다시 시간을 거슬러 6개월 전으로 돌아가보자. 아내와 함께 시내를 거닐고 있었다. 그녀가 한 간판을 보며 대뜸 말했다. "어, '지안' 페인트네!" 헉?! 설마 아내가…? 그랬다. 그녀는 이미 내 과거를 모두 알고 있었던 것이다. 심지어 연애를 시작하기 전부터 말이지. 그때까지도 아내가 알고 있다는 사실을 까마득히 모르고 있던, 나는야 참으로 아둔한 남편이었다. (아시다시피 아내는 동아리 선배다)

한 번 터져버린 아내는 그 후로 길에서, TV에서, 책에서 '지안'이란 이름이나 단어가 나올 때마다 나를 놀려대기 시작했다. 처음엔 정말 곤혹스러웠으나 시간이 지나자 대처 노하우마저 생겼다. "소인은 모르는 일이옵니다. 대체 무슨 말씀을 하시는지요, 지안이라뇨, 아내 마마님…" 하다가 지금은 "아, 당시 우린 참 아름다웠는데, 풋풋했었지." 대인배 누님은 뭐가 그리 재밌는지 매번 까르르 폭소를 터뜨리신다.

어쨌든 그녀의 임신 소식은 우리에게는 놀라운 사건이었다. 덕분에 남편이 무방비로 조롱당할 치명적 소재가 생겨버렸지만. 그리고 아내는 지금, 이 글이 완성되기를 누구보다 손꼽아 기다리고 있다.

학교 벤치에 앉아 그녀와 걸었던 캠퍼스를 떠올린다. (어떤 그녀일까요?) 지나가는 싱그러운 학생 커플을 바라보니 괜한 감상에 젖는다. 애써 처박아놨던 첫사랑과의 기억도 아른아른 피어오를 수밖에. 때론 건조하게 떠오르기도 했다. 이제는 추억으로 온전히 받아들여야겠다. 어차피 아내의 손아귀에서 벗어날 수 없는 운명이기도 하거니와 불쑥 떠오르는 기억은 누구도 어찌할 도리가 없지 않나 하는 마음이다.

처음은 원래 그런 거니까. 누구에게나 아프고, 그만큼 소중하니까.

늦었지만, 제대로 정리를 해보고자 한다. 선물 받았던 그녀의 사진첩을 내버렸던 것처럼, 함께 맞췄던 커플링을 팔았던 것처럼, 공유했던 SNS 계정을 지웠던 것처럼. 그때 왜 날 떠난 건지, 아직도 그 이유를 알지 못하지만 그녀에게 하고픈 말을 적어본다. 마음을 다해 사랑했고, 그래서 아팠다. 나만의 세상이 균열과 함께 쓰러졌고, 상실감에서 헤어 나오지 못하던 시간을 견뎠다. 그러나 덕분에 마음의 근육이 단단해지고, 성실하게 하루를 살고자 노력했으며, 진정한 사랑의 가치를 배울 수 있었다. 그리고 나 역시 진심으로 사랑하는 여자를 만나 가정을 이뤘다.

당시에 '고맙다'는 말을 했는지 기억이 나지 않는다. 못했다고 가정하고, 7년의 세월이 지나 이렇게 기회가 온 셈이다. 그녀에게 이 말을 전한다.

고맙다.
그리고 엄마가 된 것을 진심으로 축하한다.

여전히 아내의 첫사랑 이야기를 들어보지 못했다. 절대 말하지 않는다. 사실 굳이 알고 싶지도 않다.

위기의 남편

어느 저녁, 우리 부부는 한가로이 산책길을 나섰다. 한동안 말없이, 유난히 시원했던 바람을 온몸으로 느끼며 정처 없이 걸었다. 정적을 깨고 아내가 대뜸 하는 말.

"자기야, 나 덕질 해볼까?"

– – –

나는 요즘 걸그룹에 빠졌다. 더운 여름, 청량한 그녀들의 목소리와 경쾌한 리듬을 듣고 있노라면, 삶이란 소소한 행복으로 가득 차 있구나 하고 느낀다.

걸그룹 중에서도 트와이스TWICE에 퐁당 빠져 있다. 그럴 수밖에 없던 계기가 있었다. 친구들과 바다에 놀러 갔는데, 내 임무 중 하나는 음악 선곡이었다. 좋은 노래를 많이 준비했건만 한 녀석이 강제로 노래 한 곡을 재생시켰다. 트와이스의 〈Dance The Night Away〉. 이 곡을 듣는 순간 내 남은 음악적 감성을 그녀들에게 바치겠다고 결심한다.

트와이스 중에서도 다현에게 풍덩 빠졌다. MV 속 그녀의 환한 미소는 내 마음을 녹이고, 온몸에 엔돌핀을 돌게 한다. 자연스레 그녀의 영상을 더 찾아봤다. 그리고 발견한 충격적인 '독수리 춤'. 한 소녀의 반전매력과 털털함을 목격하고는 내 남은 마지막 휴머니즘을 그녀에게 바치기로 결심한다. 비록 그녀의 생일, 별자리, 혈액형, 이상형은 모르지만 이미 팬이 되어버렸다. (방금 검색한 결과, 98년 5월 28일, 쌍둥이자리, AB형(나와 수혈 가능), 이상형은 확실히 나는 아님ㅜㅠ)

- - -

퇴사 후 우리 부부는 대화가 많아졌다. 엄한 가정에서 자란 나는 가족과 편안한 대화가 어색했던 반면, 자유로운 환경에서 자란 아내는 모든 이야기와 감정을 가족과 나눈다. 그런 분위기가 내심 부러웠지만, 직장인 주말부부 시절에는 시간적·물리적 제약으로 인해 그러기 어려웠다. 최근에는 미주알고주알 모든 생활을 공유한다. 물론 트와이스와 다현에게 빠졌다는 말도 여과 없이 했다. 예상하셨다시피 이는 치명적인 잘못이었다.

아내는 유쾌하고, 뒤끝도 없으며, 또한 감성적이며 부드러운 여자다. 함께 다현의 독수리 춤을 보고도 낄낄거리며 "얘 참 귀엽다"라고 역시나 대인배다운 면모를 보였다. 우린 영상을 보며 소소하고 행복한 시간을 보냈다. 하지만 당시에는 뒤틀려버린 미래를 알지 못했다. 그녀의 마음에 누군가를 향한 덕질의 씨가 무럭무럭 자라고 있었던 것이다.

- - -

다시 산책의 시점으로.

예상치 못한 말을 들은 나는 화들짝 고개를 돌려 그녀를 바라봤다. 아내는 잔뜩 긴장한 표정이었다. 마치 여고생이 용기를 내, 짝사랑하는 오빠에게 고백하려는 모습과 다름없었다. (천상 대인배의 호쾌함은 어디 갔단 말인가) 내 표정도 덩달아 굳었으며 '이건 진짜다!'라는 생각에 매우 혼란스러웠다. 그 시점부터 모든 합리적 · 이성

107

적 사고를 동원하여 그녀를 설득하고자 필사의 노력을 한다.

"덕질이 남에게 피해가 되지 않는다면, 남편인 나도 너의 취미에 간섭할 권리는 없다. 다만 여기에는 시간적 · 물질적 비용이 수반되는 바, 미래에 태어날 우리 아이를 한 번만 생각해달라. 나는 학생이라 너 혼자 외벌이를 해야 하는데, 가정 경제에 큰 타격을 주면 안 되지 않겠냐. 또한 덕질 문화는 모름지기 10대 청소년의 전유물인데, 30대 중반의 이모가 끼어드는 것은 젊은 세대의 문화마저 수탈하는 착취이자 반칙 아니겠는가."

그렇게 열변을 토했다. 그리고 살짝 떨리는 목소리를 가다듬고 최대한 침착하게 물었다.

"그런데, 누가 그렇게 (덕질을 하고플 만큼) 좋아?"

지금까지도 그녀의 대답을 듣지 못했다.

- - -

누군지 알아야 대응 전략을 고민하고, 정말 매력적인 인물이라면 나도 기꺼이 덕질에 동참함으로써 아내를 지지(감시)할 수 있을 텐데. 그러나 마음에 품은 사모의 정이 얼마나 큰지 수다스럽게 말이 많던 아내는 이에 대해서만큼은 침묵을 고수한다. 대체 누굴까. 풋풋하고 귀여운 20대 아이돌? 혹은 센스있고 유머러스한 30대 예능인? 그것도 아니라면 중후한 매력의 40대 배우?

쉽게 물러날 생각은 추호도 없지만, 상대가 누구인지 모르니 크나큰 난관이라 하지 않을 수 없고, 지금 이 순간이 너무나 괴로운 영겁의 시간 같이 느껴짐에도 불구하고, 엉뚱하게 트와이스의 다현이 생각나는 것은 도대체 어떤 연유로 인한 것인가, 하는 번뇌와 상념에 휩싸이다 보니 어느새 해가 져버렸고, 마침 헤드셋에서는 또 〈Dance The Night Away〉가 흘러나오고 있다. (내가 무슨 말을 하는지도 당최 모를 정도로 정신이 혼미하다. 다현 님을 보며 마음을 다잡을 수밖에 없다)

위기의 남편은 어찌하리오.

현재 나는 트와이스 팬카페 회원이다. 안타깝게도 등업이 아직 안 된 관계로 덕질이라 하기는 힘들다.

아내에게 호나우지뉴 스페셜을 보여줬다

기혼자로서 몇 가지 소망이 있다. 그중 하나는 연상 아내와 취미를
공유하는 것. 좋아하는 걸 아내와 나누고 싶다는 지극히 소박한 바
람이다. 나 역시 그녀의 취미를 기꺼이 하려 노력한다. 나란히 자
전거를 타고, 중고서점에서 함께 책을 읽으며, 같은 음악을 듣는
다. (프랑스로 교환학생을 다녀온 아내의 추천으로 샹송마저 듣는다. 추
천곡 : 카를라 브루니$^{Carla\ Bruni}$의 〈Little French Song〉)

내게는 둘이서 꼭 즐기고픈 싶은 취미가 있으니, 그건 바로 '축구'
다. 목표는 2018년 러시아 월드컵을 아내와 함께 보는 것이었다.
대한민국 경기뿐 아니라, 축구 강국의 피 튀기는 명승부를 함께 보
며, 축구 이야기를 꽃피우는 그런 즐거운 상상을 지금껏 해왔다.

큰 그림의 일환으로 아내에게 호나우지뉴^{Ronaldinho} 스페셜 영상을

보여주는 작업부터 들어갔다. 호나우지뉴가 누구인가. 앞니 툭 튀어나온 심히 묘한 외모와 환한 미소가 아름다웠던 브라질의 전설적인 선수. '그가 잇몸을 보이는 순간 경기는 끝났다'라는 명료한 말로 거론되는, 외계인이라 불리던 사나이. 전성기 시절 그의 실력은 지구인이 감당할 수 없는, 차원이 다른 수준이었다.

이런 전설과 같은 사건이 있었다.

2005년 11월 21일 레알 마드리드의 경기장. 레알과 FC 바르셀로나의 엘 클라시코* 경기였다. 당시 레알은 꿈의 팀이었다. 지네딘 지단, 호나우도, 피구, 데이비드 베컴 등 세계 최고의 선수들을 모으던 갈락티코** 정책의 결과, 레알은 '지구방위대'라는 별명을 얻었다. 다시 말해 이 행성에서 축구를 제일 잘하는 사람들로 구성된 팀이었다.

경기 후반, 극성이라 소문난 레알의 팬들이 기립박수를 친다. 그 박수가 향한 주인공은 바르셀로나의 호나우지뉴. 그는 경기에서

* 엘 클라시코 : '전통의 경기'란 뜻으로, FC 바르셀로나 vs 레알 마드리드 경기를 의미한다.
** 갈락티코 : 스페인어로 '은하수'라는 뜻이다.

홀로 2골을 기록하며, 팀의 3:0 승리를 이끌었다. 세계적인 선수들이 즐비한 경기장을 휘저으며 눈부신 기량을 선보였다. 바로 그 유명한, 지구를 침공한 외계인 사건. 상대 팀 에이스에게 보낸 레알 팬들의 박수에는 완패의 울분보다 한 선수에 대한 존경과 경외가 담겨 있었다.

- - -

아내에게 이런 사전지식을 간략히 브리핑하고, 15분짜리 호나우지뉴 스페셜을 보여줬다. 메시^{Messi}는 알고도 못 막지만, 호나우지뉴는 정말 몰라서 못 막았다, 스포츠를 예술의 경지로 끌어올렸다, 축구 역사상 이런 플레이를 보인 선수는 없었나 등 자질구레한 사족을 곁들이기도 했다(얼마나 절박했으면). 그녀는 의외로 순순히 남은 1초까지 영상을 다 봤다. 심지어 감탄사를 연발하며, 휘 동그래진 눈으로 한껏 몰입하는 것이 아닌가.

다음날이었다. 퇴근한 아내는 여느 때와 같이 일상의 수다를 떤다. 그러다 갑자기 생각난 듯, 남자 직원들이 축구 얘기할 때, 본인이 나서서 호나우지뉴 얘기를 꺼냈다고 했다. 그러자 뭇 남성들에게 존경의 시선을 받았다고 어깨를 으쓱하며 자랑을 늘어놨다. 본인도 축구의 매력에 빠져들 것 같다며 잔뜩 설레발을 치기까지. 그 모습에 뿌듯하기도 하고, 귀엽기도 했기에 '음, 내 소망이 멀지는 않은 것 같군. 함께 축구를 즐길 날이 곧 오겠구먼…' 하는 기대감이 증폭됐다.

– – –

그리고 몇 달 후. 6월의 어느 새벽.

나는 고독하게 러시아 월드컵을 즐겼다. 김빠진 캔 맥주만이 처량한 내 마음을 어루만지며, 미지근하게 식은 텁텁한 위로를 건넸다. 아내는 졸릴 뿐더러 별 관심 없으니, 너무 늦지 않게 자라 이르고 먼저 잠자리에 들었다. 지난날 외계인 호나우지뉴에 열광했던 한 여인네의 짜릿한 희열과 감동은 어찌 이리 허망하게 희석되었단 말인가. 쓸쓸한 새벽이었다.

이 글을 쓰고 있으니, 아내는 쫄랑쫄랑 옆으로 다가와 위로의 말을 건넨다. "2022년 카타르 월드컵은 반드시 함께 즐기자, 지금은 바빠서 마음의 여유가 없다, 나중에 축구에 대해 많이 알려 달라, 열심히 배울 용의가 있다"고. 그런 날이 정말 올지 모르겠으나, 곧 끊

어질지 모르는 희망의 끈이라도 붙잡고 있으련다. 축구가 몇 명이 하는 스포츠인지, 골키퍼는 왜 손을 사용해 상대방 골문까지 가지 않는지, 오프사이드가 당최 뭔지 모르는 연상 아내를 축구 도사로 만들 시대적 사명을 품고, 비장한 마음으로 지금 이 글을 쓴다.

아내와 축구를 즐길 수 있다면야, 샹송의 언니라도 들을 수 있을 것만 같다. (솔직히 말하자면 샹송은 조금 느끼하거든요)

왜 미용실만 가면 바보가 될까

물론 평소의 행실도 심히 어수룩하다만, 유난히 더 어리바리하게 되는 장소가 있다.

미. 용. 실.

이번만큼은! 하고 호기롭게 문을 열지만, 역시나 하고픈 요구를 못 한다. 원하는 스타일이 분명 있었는데, 자리에만 앉으면 무^{無}의 여백만이 머리에 남는다. "어떻게 잘라드릴까요?"라는 미용사의 물음에 헛헛하게 뒷머리를 긁적이며 "그냥… 깔끔하게 잘라주세요"라고 소심하게 답한다.

막상 가위질이 시작되면 '어랏, 이건 아니잖아!' 하며 마음속 도깨비가 쿵쾅거린다. 그러나 녀석도 이내 포기하는지 곧 잠잠해진다.

그렇게 멍 때리며 미용사 선생님의 유려한 손길에 두발을 맡겨버린다. 잠시 뒤, 어정쩡한 머리를 하고는 '이렇게 또 한 달을 버텨야 하는구나, 휴~' 한숨을 내쉬며 나선다. 미용실은 희망과 절망이 공존하는 역설적인 공간이다.

아내는 남편 머리에 관심이 참 많다. 머리를 자르고 오면 예외 없이 그녀의 애정이 담긴 논평을 듣게 된다. "이번엔 너무 친 거 아냐?"부터 "옆이 조금 뜨네, 뒷머리도 마음에 안 들고…." (긍정적인 논평은 별로 없어 속상하다) 마치 깐깐한 선도부 선생님마냥 전후좌우 동서남북 철저하게 두발을 점검하는 아내다. "헤어만 예쁘게 하면 남편 외모도 확 살 텐데" 하며 소망을 드러내지만, 이는 '외모의 완성은 얼굴이다'라는 평범한 진리를 망각한 것이다.

나로서는 짐짓 억울하기도 하다. 요구사항을 당당하게 말하지 못한 건 누구를 탓할 바 아니나, 내 머리카락이 워낙 고약한 면도 있다. 미용사는 내 머리를 구석구석 살피고는 언제나 난감한 표정을 짓곤 한다. 야들야들하게 붕붕 뜨는, 곱슬기라고는 전혀 없는 직모라서 다루는 입장에서도 여간 까다롭지 않다. 머리를 자르시며 "어휴, 평소에 정리하기 힘드시겠어요~" 하며 위로하시니, 나는 또 헛헛하게 "이렇게 태어났으니 어쩔 수 없죠"라고 달관한 듯 대답한다. 또한 백이면 백 파마를 권하니, 매번 "다음에 할게요"라며 상황을 모면한다. 그러나 미용실을 나서면서 왁스나 에센스가 들린 내 손을 발견하니, 호구도 이런 호구가 없다.

아내에게 붙들려 미용실에 (끌려) 간 적이 있다. 결혼 프로필 사진을 찍기 위해서였다. 그녀의 단골 미용실에 들어서면서부터 심히 미심쩍었다. 스킨헤드 스타일의 남자 사장님께서 반갑게 맞아주셨기 때문이다(즉 대머리!). 민머리 사장님을 본 순간 신뢰가 뚝 떨어졌다. 미용 의자에 앉아서는 불안함이 더 증폭되었는데, 사장님은 이발보다 본인의 결혼 얘기에 더 열중하셨던 것이다. 우크라이나 여성과 결혼해서 달콤한 신혼을 보내고 있다며, (귓가에 대고) 소문대로 그곳에서는 김태희가 밭을 갈고 있다고 슬쩍 자랑하셨다. (그게 예비 신랑에게 할 소린가!) 그러는 동안 머리카락은 후두두둑 잘리고 있었다. 이발이 끝난 후, "괜찮냐"고 묻는 아내의 물음에 우물쭈물하며 대답을 회피했다. 이후 그곳을 다시 찾은 적은 없다.

결혼한 뒤 한동안은 '될 대로 되라지' 하며 머리에 무심했다. 허나 아내의 지칠 줄 모르는 철저한 두발 검사도 있고, 30대가 되니 이거 여차하다가는 그냥 아저씨 외모가 될 것 같아 두렵기도 했다. 그래서 괜찮다는 미용실을 수소문해서 방문했다. 결과는 만족스러웠다. 호쾌하고, 주관이 뚜렷하며, 실력까지 겸비한 동갑내기 헤어 디자이너를 만난 덕분에 별 내적갈등 없이 머리를 자르게 되었다. 다행히 아내도 흡족한 표정을 지으며 이발한 남편을 따뜻하게 맞이하고 있다.

그나저나 대체 왜 미용실만 가면 바보가 되는 걸까요? 골똘히 머리를 굴린 결과, 애꿏은 미용 의자와 망토(?)를 의심하게 된다. 요놈의 의자에만 앉으면 일단 머리가 뒤엉키며 하고자 했던 언어가 침전된다. 그리고 마법의 망토 같은 걸 몸에 두르면 비로소 두뇌활동이 멈춘다. 스타일 사진을 준비한다손 치더라도, 망토를 헤집고 꺼내 선생님께 내밀기 민망하다. 화면 속 남자는 '존잘'이니까. 거기에 더해 오른쪽 머리에 집게라도 꽂으면 게임 끝. 또다시 두발을 온전히 맡긴 채 멍 때린다.

필시 미용실 의자와 망토에는 마법의 주문이 걸려 있는 것 같다.

- - -

지금은 아내의 허락을 구하고 머리를 기르고 있다. 장발 스타일로. 학생이 아니면 도저히 기회가 없을 것 같아 후회를 남기고 싶지 않다. 망토를 두르기 직전에 후다닥 동갑내기 헤어 디자이너에게 준비한 장발 사진을 보여줬다.

"손님, 오늘 뭐 잘못 드셨어요?"

역시 호쾌하고도, 주관이 뚜렷하시다. 그래도 그분의 실력을 믿어 의심치 않는다.

연하남의 프러포즈

우리 부부는 광안대교의 야경에 취해있었다. 아름답고 찬란한 다리를 하염없이 바라본다. 그날따라 광안리 해변은 유난히도 고요했다. 언제나 시끌벅적한 공간인데, 하필 그날 밤은 정숙하고 차분해서 신비로운 기운마저 감돌았다. 어색하지만 동시에 편안했던 분위기에, 한 젊은 부부는 부드럽고 서정적인 감성에 젖어간다. 아내가 나직이 물었다.

"남편아. 나 여기에서 답^答 프러포즈하려 했던 거, 혹시 알고 있었니?"

- - -

3년 전이었다. 결혼 준비를 하고 있었고, 신경 써야 할 일들이 제법 많았다. 그렇지만 딱 그 정도였다. 결혼 준비 자체가 삶을 침전시킬 만큼 고되지는 않았다. 결혼은 2016년 가을로 잡혔다. 사소한 갈등이 발생했지만, 그런대로 잘 준비되고 있었다. 그런데 문제가 하나 있었으니, 10월까지도 프러포즈를 하지 않았다는 것이었다.

초조했다. 사실 그럴듯한 변명의 여지는 여기저기 많았다. 난 입사한 지 불과 8개월도 안 된, 세상에서 가장 분주하고 헛짓거리만 하는 신입이었고, 어리기도 했다. 또래 중엔 기혼자가 없었기에 조언을 받기도 어려운 상황이었다. 회사 적응도, 업무 습득도, 결혼 준비도 동시에 하려니 벅찼던 것이 사실이다. 거기다가 마음 한구석에는 계속 프러포즈 의무감이 짓누르고 있었다.

더욱이 나는 사내 학습동아리에 자동 가입되어 회사 규정 및 사업 프로세스에 대해 빡세게 공부해야만 했다. 그 와중에 운이 좋았는지, 동아리를 이끌던 남자 과장님께서 당신의 경험을 말씀해주셨다.

"응, 난 말이야~ 연극 프러포즈. 프러포즈 받았어."

그 암묵적 권고를 도저히 받아들일 수 없었다. 아무리 급해도 그렇지, 무대 위에서 낯 뜨거운 프러포즈라니.

연극이 끝난 후, 정적이 흐르는 무대에 한 남자가 오른다. 키 183cm 정도로 캐주얼 정장을 입은 깔끔하고 선한 인상의 사내다. 한쪽에는 여자가 서 있다. 잠시 어리둥절했으나, 곧 그녀의 눈가에 이슬이 맺힌다. 그는 나지막한 저음의 목소리로 손수 쓴 편지를 읽는다. 목소리에는 미세한 떨림이 느껴졌으나, 단 한 명을 위해 용기 내어 마음을 전한다. 편지에는 한 사나이의 진심이 담겨 있다. 관객들은 로맨틱한 광경에 황홀함을 느낀다. 그는 마침내 무릎을 꿇는다. 작은 상자를 꺼내고 그녀에게 반짝이는 물건을 두 손 모아 건넨다. 여성은 그것을 조심스레 받는다. 그리고 고개를 끄덕인다. 객석에서는 큰 환호성과 박수가 터져 나온다.

목에 칼이 들어와도 이딴 짓은 도저히 할 수 없었다.

급하면 쥐도 고양이를 무는 법. 프러포즈라는 시대착오적 관행에 운명적으로 제압된 신랑의 자아는 어디서부터 증발했으며, 오직 사랑만이 가치를 갖는 신성한 결혼에서 이 같은 허례허식이 대체 무슨 의미가 있는가, 라고 예비 아내에게 항변 한 번 하지 못했다. 결국 고양이를 물기로 결심했다. 연극 프러포즈를 하기로 마음먹은 것이다. 결혼은 이미 3주 앞으로 다가와 있었다.

《옥탑방 고양이》, 이거다. 제목은 들어봤으니 괜찮은 연극이겠지. 깜짝 이벤트는 물론, 꽃과 케이크까지 제공한단다. 후기를 찾아보니, 다들 만족스러웠다고 한다. 당연하게도 모두 신부들의 후기였다. 역시 신랑의 목소리는 대체 어디 간 걸까 하는 짧은 탄식이 흘러나왔지만, 어쩔 수 없다. 3주 후면 아내가 될 여자에게 내 남은 70년 인생의 행복 여부가 달려 있다.

눈 딱 감고 그냥 하자.

결혼식까지 20일 남은 시점이었다. 더이상은 나도 참을 수 없었다. 은연중에 프러포즈 압박을 해오던 그녀는 이제 포기했는지 언급조차 없었다. 결혼 전부터 나를 체념하다니, 자존심이 매우 상했다. 앞으로 70년을 살면서 포기할 건덕지가 얼마나 많은 남자인데, 벌써 그렇게 둘 순 없지.

대학로에서 타코와 브리또를 먹고, 우연히 연극 표를 받았다는 새하얀 거짓말을 한 후, 입장하기 위해 줄을 서고, 연극을 관람했다. (너무 재밌어서 프러포즈 따위는 까맣게 잊고 몰입했다) 연극이 끝난

눈 딱 감고 그냥 하자.

뒤 배우들이 갑자기 그녀의 이름을 부를 뿐이고. (하… 연극을 재미 없게 만들던가… 마음의 준비가 전혀 안 된 나는 그 순간, 세상에서 가장 고독한 사나이였다)

여기부터는 독자의 상상에 맡기겠다.

– – –

다시 얼마 전의 광안리로 돌아가보자. 그녀의 갑작스러운 물음에 나는 어찌 대답해야 할지 알지 못해 머뭇거렸다. 그녀의 촉촉한 눈 가에, 은은한 표정에, 나직한 목소리에 취해버린 걸까. 그리고 그 녀의 진심이 가득 담긴 한마디.

"너가 프러포즈 늦게 하는 바람에, 내가 답 프러포즈를 못했잖아! 어린 남편, 혼날래? 이제 보니 되게 열 받네!"

뒷얘기는 독자의 주체적 상상에 맡긴다.
다행히 어린 남편이 구타당한 일은 없었다고 전해진다.

위 연극 프러포즈 사례는 소설적 상상력에 의한 100% 허구입니다.

저는 키 173, 목소리 켁켁, 와들와들 떠는 남자니까요.

더불어 설명하자면 나는 반지 대신 목걸이를 준비했다. 경험자로서 그닥 추천하지 않는다. 현장에서 걸어주기가 너무 어렵다. 왜냐면 손이 바들바들 떨리거든요.

연상 여친의 매력, 연상 아내의 마력

연애를 하든, 결혼을 하든 헛헛한 점이 두어 가지는 있기 마련이다. 물론 셀 수 없이 많을지도 모르겠으나 예의상 이 정도로. 우리 부부에게도 몇 가지가 있는데, 내 입장에서는 '오빠'라 불리지 못해 매우 아쉽다. 단언컨대, 이건 치명적인 아쉬움이다.

전통적이고 체계적인 호칭 문화를 가진, 아득한 역사를 자랑하는 대한민국의 남자라면 이런 로망이 있는 건 당연하다. 연인이 애교 넘치는 목소리로 "오빠~"라 부르는 걸 싫어할 남자가 있을까. (싫다면 뭐, 할 말은 없어요) 애초에 내게는 박탈된 기회이니 애통하고 원통할 뿐이다. 연상연하 커플의 원초적인 애로사항이 아닐까 한다.

연애 시절에는 당연히도, 오빠라는 말을 듣기는커녕 그녀에게 꼬박꼬박 "누님"이라 부르며 존대했다. 연애 초기까지 그렇게 존댓

말을 썼다. 왜 그리 눈치가 없었나 싶기는 하지만, 워낙 예의 바른 청년이어서 그랬다(고 넘어가자). 그녀로부터 핀잔을 듣기도 했다. 나이 든 거 티 나게 '누님'이 뭐냐고, 거리감 없는 예쁜 말을 듣고 싶다고. 평소 사랑스러움과는 무관한 나는 뒤통수를 아무리 긁적여 봐도 도무지 다른 방도가 떠오르지 않았다. 호칭을 바꾼 계기는 순전히 누나의 공이었다.

"그냥 편하게 부르는 건 어떨까?"

그 따뜻하고 사려 깊은 제안에 순진하게도 그만, 한 치의 망설임 없이 말을 툭 하고 놔버렸다. 그리고 나의 반말에 어리둥절하던 그녀의 표정을 목도하고야 말았다. 지금까지, 어떻게 주지하지 않고 바로 반말을 했냐는 아내의 모진 구박을 견디고 있다.

요컨대 주장의 핵심은 연상 여친의 매력이라 하면 부드러운 카리스마라는 것. 누님의 행동과 말에는 어떤 권위와 품위가 묻어있다. 그건 강압적이지 않을 뿐더러, 재즈처럼 따뜻하고 바닐라 라테처럼 달달하다. 노련한 누나들은 본능적으로 어린 남자를 어떻게 다루는지 아는 듯 같다. 말을 놓았던 것도 상냥한 권위를 그대로 따랐을 뿐인데, 새삼 억울함이 밀려온다. 덕분에 투철한 예의범절로

무장했던 후배는 꼼짝없이 위아래도 모르는 시건방진 남자가 되어버렸다. 온기를 담으면서도 거부할 수 없는 힘으로 상대를 홀리는 품격, 그것이 내가 경험한 연상의 매력이다. (밥도 많이 얻어먹었죠. 헤헤)

- - -

문학적 성취를 위해 대구법으로 제목을 정하니, 그녀의 마력에 대해 곰곰이 생각해보지 않을 수 없다. 한 가지 염두에 둬야 할 사실은, 그토록 부드러웠던 여자 친구가 이제는 내 아내가 되어 한 단계 진화했다는 점이다.

밥 먹고, 소파에 누워 TV를 트는 건 내 즐거움 중 하나다. 딱히 TV를 열심히 보지는 않지만, 포만감을 만끽하며 잠시 몸을 누이는 게 그렇게 편할 수 없다. 물론 좋은 습관이 아니라는 걸 잘 알고 있다. (그래도 편한 걸 어떡해요) 건강 문제에 대해서만큼은 집요한 아내인지라 이 습관에 불만이 많다. 어린 남편을 꾸짖으며, 매번 자세를 바로잡는다. 정말 너무하다.

그런데, 막상 본인이 원할 때는 식사 직후라도, 같이 누워있자며 내 손을 거칠게 잡아끌고 침대로 향한다. 소파나 침대나 뭐가 다른지, 참으로 뻔뻔하다. 밥 먹고 눕지 말라 하지 않았느냐 항변해도 막무가내다. 결국 나는 모든 걸 체념하고 아내 옆에 조신하게 눕게 되는데, 방금 먹었던 양배추 볶음과 도토리묵 무침이 소화도 안 된 채 뒤엉키는 느낌이다. 남편의 속도 아랑곳 않고, 누님 아내는 장난치듯 내 귓볼을 꼬집는다. 이토록 편의에 따라 말을 바꾸며 조변석개하는 연상의 그녀다. (연애 때는 분명 안 그랬다고요)

아내의 앙증맞은 뻔뻔함의 원천이 무엇일까 고민한 적이 있다. 결혼 생활을 바탕으로 의심해볼 지점이 있는데, 그건 바로 그녀의 친구가 배후에 있기 때문이 아닐까 추측해본다. 무슨 얘기냐 하면, 아내의 절친한 친구들은 곧 나의 동아리 선배들이다. 네 기수나 높으신, 말도 붙이기 어려운 대★선배님. 가끔 그분들을 만나면 꼼짝없이 막내 노릇을 할 수밖에 없다.

주문을 하고, 수저를 가지런히 놓으며, 살랑살랑 분위기를 띄우고, 심지어 아기들이랑 놀아주기까지. 또한 대화를 이어가다 보면 호칭도 꼬여버리기 마련이라 쩔쩔매게 된다. 야속한 아내는 이 모습을 흥미롭고 흐뭇하게 바라본다. 그럴 때면 마치 흑마법에 걸린 것처럼 더욱 당황할 수밖에 없다. 다시 한번 말하지만 정말 뻔뻔하다. 그러나 이내 그녀는 남다른 애교로 내 마음을 녹이곤 하니, 이 같은 능숙한 유들유들함이 연상 아내의 마력이 아닐까. 결국 나는 포기의 미학을 몸소 실천하며, 연상의 여인과 그럭저럭 살고 있다.

다만 아내의 배후 세력은 여전히 무섭고, 오빠라 불리지 못하는 점은 두고두고 미련이 남을 듯하다.

연상연하 커플의 오늘

평범 부부의 예술 영화 보기

누군가 "당신은 예술을 사랑하는 사람인가?"라 묻는다면, 한 치의 망설임도 없이 이렇게 답할 것이다. "그렇소. 예술 없는 삶은 내게 아무 의미 없다오." 물론 허구로 점철된 과장이다. 거짓말로 글의 서두를 쓰는 것은 B급 글쟁이들의 전통이라고 배웠기에 슬쩍 써 먹어 본다.

비록 허구라 할지라도, 모름지기 나는 회색분자적 위인이기에 위 대답이 100% 거짓은 아니다. 예술을 알아가고 향유하는 행위는 내 삶에 작지 않은 부분이다. 예술을 감상하며 때론 밀려드는 깊고 폭넓은 감동을 느끼기도 하니, 독자들께서는 노여움을 푸시고 용서해 주셔요. (혹시나 해서 말씀드리지만, 서양 음악사, 서양 미술사, 한국 미술사 A+를 받았다는 사실은 굳이 언급하고 싶습니다)

예술을 글로 배운 남편과 달리, 누님 아내는 가히 예술적인 사람이라 할 만하다. 나만큼이나 얕은 예술적 지식을 가지고 있는 것으로 관찰되나, 지식과는 별개로 그녀는 미美를 가슴으로 동경하고, 느끼고자 한다. 지나가는 음악에도, 사소한 디자인에도, 위대한 미술 작품에도 영혼이 흔들리듯 감동하는 여자다. 교양 넘치는 아내의 모습에 큰 애정을 느끼고 있으나, 당혹스러움을 감추기 힘든 점이 있다. 그녀는 '예술 영화'에도 로망이 있기 때문이다.

심신의 쾌락을 중시하는 나는, 흔한 오락적인 영화가 좋다. 신경단위로 긴장하며 의미를 찾아야만 할 것 같은 예술 영화는 내겐 벅차다. 하지만 배우자의 취향을 배려하는 남편으로서 아내가 보고 싶은 영화를 겸연쩍게 따라 시청하게 된다. 이날 그녀가 고른 영화는 알폰소 쿠아론Alfonso Cuaron 감독의 《로마Roma》. 영화를 좀 안다는 이들에게 2018년 최고의 작품이라 칭송받으며, 베니스 국제영화제 황금사자상에 빛나는 걸작이(라고 한)다.

- - -

잔잔한 흑백의 도입부가 시작된다. 소박하고 반복적인 일상을 상징하듯 카메라는 미동도 없이 정사각형 패턴의 바닥을 응시한다.

이윽고 거품을 머금은 물이 밀려온다. 마치 예측할 수 없는 풍파가 삶에 개입하는 것처럼. 하지만 안타깝게도, 흑백 화면을 마주하는 그 순간부터 눈에 힘이 풀리며 화면이 아른거리기 시작했다. 손 닿는 거리에 물파스라도 있다면 눈 밑에 잔뜩 발라 졸음을 쫓고 싶을 정도로 절박한 심정이었다.

반면 진지한 표정으로 화면을 응시하는 아내를 바라보니, '누님은 예술을 정말 사랑하는 사람이구나'하는 일종의 안도감을 느꼈다. 그 안도감 때문인지는 몰라도, 나는 그만 불가역적인 잠으로 스르르 미끄러져 버렸다.

가늠할 수 없는 아락한 수면을 취하던 나를 흔들어 깨운 건 아내였다. 영화의 멋이라고는 모르는 남편으로서 미안한 기색으로 어기적 일어났다. 여전히 화면에서는 아름다운 흑백의 미장센이 펼쳐지며 "나를 좀 봐 달라 말이야, 이 멍청아!"라며 우아하게 외치는 듯했다. 빨갛게 충혈된 아내의 눈이 보였다. '역시 큰 울림이 있었나 보군' 하려는 찰나. 그녀의 눈곱마저 보게 되었고, 확신할 수밖에 없었다. '이 누님도 졸았네, 졸았어.' '예술을 사랑하는 아내마저도 생리적 본능 앞에 굴복했구나!' 하는 상실감이 몰려왔다. 결국 둘 다 포기. 우리는 비몽사몽 한 채로 침실로 향했고, 나는 예술적 영감과 상실감 사이의 아이러니에 몸을 맡긴 채 푹 잤다.

주말인 다음날 오전이었다. 예술을 갈망하는 고상한 사람으로서 자존심이 꽤 상한 우리 부부는 영화에 재도전하기로 마음먹었다. 이번엔 경건하고 맑은 정신으로 자세를 바로 하고 거실 소파에 앉았다. 본인조차 걸작 영화를 보며 졸았다는 죄책감이 들었는지 아내 역시 짐짓 결연한 표정이었다. 영화를 재생시켰다. 롱테이크로 촬영된 아련한 장면들이 천천히 긴 호흡으로 지나간다. 예술적 정취에 흠뻑 젖고자 그렇게 다짐했건만, 한심하게도 나는 해가 중천에 뜬 대낮에 또다시 쩍쩍한 늪과 같은 숙면에 빠져버렸다. 그야말로 인생에서 손에 꼽을만한 포근한 낮잠이었다.

취향과 차이, 다양성을 존중하는 품격 있는 독자 여러분들은 오해가 없으시길 바란다. 아직 제가 역량이 모자라서 그런 거지, 절대 일부러 예술성 짙은 영화를 외면하고 깎아내리려는 건 아닙니다. 시행착오를 겪으며 하나씩 배우고, 관점을 넓혀 간다면 저희 부부역시 훌륭한 작품을 즐길 수 있겠죠. 그러니 덜떨어진 저와 같은 인물도 넓은 아량으로 품어주시길. 더불어 좋은 예술 영화도 추천해 주셔요.

촉촉한 비가 내리는 오늘이야말로 예술 영화에 흠뻑 취하고픈 밤이네요(숙면이 기대되는 건 아닙니다).

* 제목《로마》는 이탈리아 수도 로마가 아니라 멕시코시티의 지역 이름이며, 이를 거꾸로 하면 Amor, 스페인어로 '사랑'이라고 합니다.

부부 운전 연습, 그 고질적 싸움에 관하여

인터넷 사이트 '82cook.com'의 자유게시판에서 본 글.

초보 운전이라 연수 중인데 연습 삼아 남편과 몇 번 통근길을 주행했습니다. 주차는 아직 배우지 못했는데 남편이 가르쳐 주었지만, 이럴 땐 어떻게 하라고 순서대로 알려 주는 게 아니라, 핸들 왼쪽으로 오른쪽으로 꺾어. 그리고 후진하고. 솔직히 지시하는 대로 했지만, 이해 안 됐고 정신없었습니다.

그래서 제가 마지막에 주차 후 내리면서 당신은 체계적으로 가르쳐 주지 않는다고 한마디 했는데 아주 엄청나게 화를 내면서 앞으로 자기한테 운전 가르쳐 달라고 하지 말라며 화를 내고 가 버리더군요.

제가 글케 잘못 이야기한 건가요? 저렇게 화를 내길래, 저도 놀랐습니다. 제가 이상한 건지 남편이 이상한 건지 모르겠네요.(출처 : https://www.82cook.com/entiz/read.php?num=2124192)

- - -

오늘 우리 부부는 고전적 싸움을 몸소 경험하고자 하는 전위적인 의도는 전혀 없었고, 단지 아내의 운전 연습이 필요해 함께 차를 끌고 도로로 나갔다. 20분 후, 나의 절박한 외침.

"으아악! 아내야, *^*#%#!@_^
그렇게 가면 ㅇㅜ‚. ㄹ ㅣ„.;; 죽ㅇ…. 어!!@#%^%"

- - -

다행히 신의 보호 아래 안전하게 귀가했으나, 부부가 운전 연습을 하면 어찌하여 싸우는지 정확히 알게 됐다. 그래서 운전 연습과 부부 싸움, 그 해묵은 전통에 관해 써보려 한다.

1. 사건 배경

나와 아내는 아이를 원하고 있다. 3년의 신혼 생활을 그런대로 즐겼으니, 동물적 본능을 군이 거스르지 않고, 유전자 번식을 위해 의기투합하기로 했다. 그리하여 향후 계획을 하나씩 세워나갔다.

그중 하나는 아기를 위해 차를 구입하는 것이었다. 아내의 원활한 출퇴근을 위해 자차가 필요한 시점이기도 했다.

2. 사건 발단

그녀는 세 번에 걸쳐 총 6시간 동안 연수를 받았다. 안전한 운전을 위한 30만 원의 비용은 합당해 보였다. 기능, 주차, 주행 등 골고루 잘 배웠다고 자신있게 말했다. 그래서 오늘, 길도 익힐 겸 집에서 회사까지 운전을 도전하고자 쏘카^{Socar}를 빌렸다. 차종은 현대 KONA. 아내는 현재 소형 SUV에 심취해 있다.

3. 사건 진행

아파트 지하 주차장에서 주차 연습부터 시작했다. 차근차근 원리를 설명해주는 데 주안을 뒀다. 나 역시 아직은 운전에 능한 드라이버는 아니기에 기술보다는 개념을 강조했다. 그러면 응용을 통해 자연스레 실력이 늘 거라는 확신이 있었다. 『개념원리』를 푼 다음에 『수학의 정석』으로 넘어가는 것과 비슷한 이치다. 처음에는 후진 방향을 헷갈려 했으나 곧 익숙해졌고, 더디지만 무난하게 주차를 배울 수 있었다. 그리고 우리는 도로로 나갔다.

4. 사건 클라이맥스

위험하다. 아내는 연습이 더 필요해 보인다. 초보답게 브레이크를 지그시 누르지 못한다. 뭐 당연하다. 초보니까. 흠. 액셀도 콱 밟는다. 그것도 좋다, 초보잖아. 흠흠. 건전한 준법 시민답게 속도도 30~40km를 고수한다. 주변의 운전자가 괴롭지, 조수석에 앉은 나는 괜찮다. 흠흠흠. 그러나 가장 큰 문제는, 차가 차선 오른쪽으로 기운다는 것이다. 흠흠흠흠. 초보의 흔한 실수지. 처음엔 무의식적으로 자신이 차선 중앙에 위치하려 하지. 근데… 조수석에 탄 나는 불행히도….

진심으로 생명의 위협을 느꼈다. 그리고 비명을 질렀던 것이다.

"살ㄹㄹ ㅕ줘, 아 ㄴ ㅐ. ㄴ나 너무 ㅁ무..서워!!"

5. 사건 종료

안전 귀가.

신이시여, 감사의 기도를 올립니다. 우리 부부를 지켜주심에 숭고한 뜻이 있음을 깨닫고, 세상에 작은 기여를 하고자 노력하며 살아가겠습니다.

화가 났다. 아내를 향해서라기보다는 그녀의 운전학원에 대한 분노였다. 운전의 본질을 전혀 가르치지 않은 것 같았다. 몇 년 전 아버지로부터 가장 먼저 배운 원칙이 하나 있다. 운전석에 앉자마자 운전자 좌석과 사이드·백미러를 본인에 맞게 조정하는 것. 안전운전의 시작이자 기본이라고 (사뭇 근엄하게) 말씀하셨다. 그러나 아내는 그런 기본조차 모르고 있었다. "혹시 학원에서 이런 얘기 들어본 적 없냐"고 물었지만 없었단다. 흠.

아내에게 화난 것도 사실이다. 누누이 차선 중앙을 지키며 가라고 애원했지만 10m만 가면, 나는 오른쪽의 차량 운전자와 뽀뽀도 할수 있을 만큼 얼굴을 맞대고 있었다. 정말 아찔했던 순간도 몇 번 있었기에, "제발 사이드미러 보면서 수시로 차선 확인하고, 차 중

앙의 내비게이션이 길 가운데 오도록 주행해!"라 강하게 이르기도 했다. 그런데 이건 사실 초보운전자의 흔한 실수이자 잘못이다. 그럼에도 치명적 사고는 결코 초보를 피해가지 않는다. 흠흠.

그리고 특히 다른 운전자들에게 화가 났다. 배려 없는 운전 문화에 치가 떨릴 정도였다. 본인이 5분 먼저 목적지에 도착하고자 무리한 운전을 하면 다른 차량에 위협이 된다. 초보운전자는 이런 위협에 더욱 취약하다. 흠흠흠.

운전 연습으로 인한 부부갈등의 메커니즘은 꽤 명쾌하다. 일반적으로 아내는 초보, 남편은 능숙한 운전자다. 주변 차들은 초보를 배려하기는커녕 오히려 만만하게 보고 함부로 차를 몬다. 위험한 상황을 몇 번 겪은 후 마침내 남편의 분노가 폭발한다. (제 경험상 아내를 향한 게 아닌 상황에 대한 분노입니다) 날카로운 말은 운전석의 아내를 찌른다.

남편 : 너님은 대체 생각은 하시면서 운전대를 잡으시는 건지요?
아내 : 그런 너님은 처음부터 운전을 잘하셨나요?

그리고 처절하게 싸운다. 흠흠흠흠.

'하늘이 내린 금기 가운데 하나가 부부간 운전 교습'이라는 말이 있는데, 부분적으로 동의한다. '학원 가서 제 돈 주고 제대로 운전 연수를 받으라'는 말도 떠오른다. 이건 동의하기 힘들다. 학원은 제대로 된 운전을 가르치기보다 그저 주행 보조만 해주는 것처럼 느껴진다. 정작 필요한 운전의 본질과 원리, 그리고 안전에 대한 기본과 철학에 관해서는 이야기하지 않는다. 그저 초보운전자의 불안감을 이용하여 장사할 뿐. 즉 하늘의 금기를 거스르고 남편이 아내의 운전 연습을 시켜줄 수밖에 없는 불편한 운명이다.

남편에게 운전을 배우고자 하는, 혹은 연습 중 남편에게 상처받은 이 땅의 아내들께 감히 드리고 싶은 말씀이 있다. 남편은 당신을 진정 사랑합니다. 삶과 죽음의 찰나가 스치는 냉혹한 도로 위에서, 옆자리의 남편이 할 수 있는 행동은 그리 많지 않아요. 경각심을 일깨워 주는 것 밖에는요. 목소리가 커질 수도 있습니다. 그러나 이는 당신을 향한 화가 아닙니다. 도로 위의 악습, 운전자들의 불량한 시민의식, 약자에게 강한 문화에 환멸을 느끼는 총체적 분노죠. 물론 기분이 몹시 나쁘시겠지요. 이해합니다. 하지만 생명이 오가는 도로에서 그렇게 큰 소리를 낼 수밖에 없던 남편 입장을 이해해 주십사, 결례를 무릅쓰고 적어봅니다. 오지랖이라 생각이 드셨다면 진심으로 죄송합니다.

- - -

삐뚤게 주차된 KONA를 뒤로하고, 마찬가지로 잔뜩 화가 난 아내와 집에 들어오면서 안도의 한숨을 내쉬었다. (감사 기도의 순간!) 목소리를 높인 내가 부끄러웠고, 그녀에게 미안하기도 했다. 그러나 엉뚱하게도 머릿속에는 몽글몽글한 상상이 스며든다. 귀여운 아기를 뒷좌석에 태우고 운전하여 한적한 교외로 소풍 가는 그런 행복한 상상. 하루빨리 우리의 꿈을 실현할 '붕붕이'를 구매할 그날이 오기를 기대한다. (아기도 빨리 생겼으면)

귀가 20분 후, 운전이 너~무 재미있다고, 핸들의 손맛이 참 좋다고, 언제 또 연습시켜줄 거냐고, 처음인데 이 정도면 꽤 잘한 거 아니냐고, 어서 칭찬해달라며 발랄하게 떠드는 이 천진난만한 소녀 감성의 누님을 보면 무척이나 당황스럽지만, 동시에 사랑스럽기도 하다.

그러나 아내여, 안전운전은 필수입니다.

어쩌다 각방

전 직장 선배 셋과 동기 하나를 만났다. 불과 몇 달 전까지만 해도 나 혼자, 기혼자로서의 독점적 지위를 누리고 있었는데, 어느새 모두들 가정을 이뤘거나 곧 이룰 예정이었다. 그래서 대화는 자연스레 부부 이야기로 흘렀다.

그중 지난가을에 결혼하신 여자 선배께서 남편이 코를 심하게 골아 고생한다고 했다. 병원에서 검사를 받은 결과, 코골이 원인은 혀가 두껍기 때문이라 한다. 의사로부터 '혀뿌리의 일부를 제거하는' 수술을 통해 코골이가 나아질 수 있다는 얘기를 들으셨단다.

기혼자 선배인 내게는 이 말이 참으로 무시무시하게 다가왔는데, 나 역시 코를 심하게 골기 때문이다. 그 선배는 또 이렇게 덧붙였다. 수술을 하게 되면 목소리가 달라질 수 있다고. 이 지점에서 크나른 딜레마가 있었으니, 남편분께서는 매력적인 중저음을 갖고 계신다는 점이다. 본인의 안락한 수면을 택할 것인가, 아니면 신랑의 목소리를 지킬 것인가. 참으로 난감한 상황임이 틀림없었다. 더욱이 각방은 절대 안 된다는 투철한 신념을 가진 선배에게 부부가 따로 잔다는 것은 애초에 대안이 될 수 없었다.

나는 원래 쥐 죽은 듯 조용히 자는 사람이었다. 그런데 어찌 된 영문인지 약 1년 반 전부터 코골이를 시작했다. 아내에 의하면 그릉그릉 정도가 아니라 푸르르~쿠~푸~, 꽤 심하다고 한다. 20대 중반까지만 해도, 국토대장정에서 만난 한 녀석은 내가 하도 조용히 자서 죽은 줄로 알았다고 말했을 정도로 전혀 코를 골지 않았다. 그런데 30대가 되어서인지, 유전적 요인 때문인지, 그것도 아니라면 급격히 살이 찐 탓인지, 요즘은 코를 많이 곤다. 문제는 아내가 나 때문에 잠을 설친다는 사실이다.

새벽에 눈을 뜨면, 옆에 있어야 할 아내가 사라지는 일이 종종 벌어졌다. 너무 시끄러운 나머지 안쓰럽게도 다른 방에서 요를 깔고 자는 것이다. 처음에는 짐짓 서운했으나 곧 익숙해졌고, 때때로 각방 쓰는 부부가 되었다.

선배의 문제를 아내에게 말해도 될지 고민이 많았다. 참으로 호쾌하신 아내가 '옳다구나, 남편의 혀를 자르면 되겠네!' 하는 천진난만한 반응을 보일까봐 심히 두려웠기 때문이다. 다행히도 아내의 포인트는 '검사'에 맞춰졌고, 건강을 위해 검사를 받아보라고 권유했다. 사실 이 또한 그리 탐탁지 않았는데, 의사 선생님께서 '가정의 평화를 위해 혀를 자르는 게 좋을 것 같습니다'고 정중히 말씀하시면, 전문가의 권위를 존중하는 교양 있는 아내가 이에 선뜻 동의할 것만 같은 불안감이 엄습했기 때문이다.

현실주의자인 나는 각방을 사용한다는 사실에 대해 크게 걱정하지 않는다. 부부의 사랑이 두텁다는 전제하에, 숙면이 더욱 중요하다고 생각한다. (아내도 이런 마음이었기에 괴김히 안방을 박차고 나갔을 것이다) 냉정한 현실주의자라고 손가락질은 하지 말아 달라. 그녀를 위한 내 나름의 해결 방법이 있으니.

그것은 아내가 먼저 잠들 때까지 기다려 주는 것. 우리는 주로 같은 시간에 잠자리에 드는데, 그럴 때면 서로 미주알고주알 이야기를 나눈다. 이내, 그녀의 목소리는 점점 작아지고, 마침내 알아듣기 힘든 옹알이를 한다. 이 타이밍을 포착해 편히 자라고 이른다. 그동안 나는 똘망똘망 눈을 뜬 채로 잡다한 생각을 하면, 곧 아내의 호흡 결이 바뀌면서 스르르 잠이 드는 것을 느낀다. 이후에 나 역시 단잠을 청한다. (가끔 축구를 보러 살금살금 나가는 건 비밀임)

그러나 이 같은 헌신적인 노력을 한다손 치더라도 새벽에 아내가 깰 때가 있다. 이런 날에는 어쩔 수 없이 각방행이다. 그렇게라도 그녀가 편안한 숙면을 취할 수 있다면야 더 바랄 게 없겠으나, 방을 나가는 행위 자체가 이미 잠을 설친 것이다. 그래서 부득이 하게 코골이 검사를 받겠다고 하고, 대신 한 가지 조건을 걸었다. 일단 살을 빼보겠다고. 나는 부모님께서 물려주신 내 신체와 목소리를 매우 아끼고 사랑하는 사람이기에 딱 한번만 기회를 달라고. 남편이 살도 빼고, 코도 덜 곤다면 이야말로 그대에게는 일석이조이니 괜찮은 거래 아니겠는가.

아내의 흔쾌한 허락으로 나는 운동에 매진하고 있다. 데드라인은 딱 두 달. 데드라인의 뜻에 부합해 목숨을 걸겠다는 각오로 러닝머신에서 땀을 흘리고 있다. 아내의 숙면은 소중하니까. (물론 나의 혀와 목소리도 매우 소중하다)

아, 그래서 그 여자 선배는 어떤 결정을 하셨냐고요? 그냥 참기로 하셨단다. 벌써 남편의 코골이에 적응이 되셨다나. 알고 보니 전신

마취를 해야 하는 상당히 위험한 수술이었다. 참으로 훈훈하고도 지혜로운 결정이 아닐 수 없다.

조금 찌질해 보일 수 있으나 고백할 게 하나 있다. 사실 아내도 코를 꿰 고 시는 편이다.

모닝콜을 부탁해

과거에 대수롭지 않게 했던 약속이 현재를 규정하는 경우가 있다. 지킬 수 있다는 호기로운 마음가짐으로 새끼손가락을 걸었던 언약 하나.

내 경우에는 여자 친구에게 모닝콜을 해주겠다는 말 한마디가 그러했다.

- - -

이야기는 약 5년 전, 그러니까 연애 초기로 거슬러 올라간다. 당시 나는 학생이었고 아내는 직장인이었는데, 연말이라 그녀의 회사가 매우 바쁘게 돌아가던 시기였다. 아내는 해외 출장이 계획되어 있었고, 출장 전날 새벽까지도 야근을 해야 했다. 그녀는 혹시 못 일어날까봐 당일 아침에 모닝콜을 해줄 수 있겠냐고 물었다. 학생인 주제에 지쳐 보이는 직장인 연상 연인이 많이도 안쓰러웠는지, 흔쾌히 그러겠다고 약속했다. 그리고 평생 너에게 모닝콜을 할 수 있으면 좋겠다는 로맨틱한 말까지 덧붙인다.

약속을 잘 지키는 나는, 결국 지금까지도 매일 그녀에게 모닝콜을 하고 있다.

주말부부이기에 매일 아침, 전화로 그녀를 깨운다. 온전히 함께하는 주말이나 전업주부로 복귀하는 방학에도 아내의 산뜻한 하루는 내가 열고 있다. 그러니까 지난 5년 동안 학생 – 직장인 – 주부(백수)-다시 학생-다시 방학 주부(백수)⋯ 를 거치는 풍파의 세월을 견디면서도 약속을 지키고 있는 것이다. 가히 한결같이 바람직한 남편이라 할 만하다. (눈치채셨겠지만 성실한 배우자임을 강조하는 것이다. 드넓은 마음으로 눈감아주시길)

아침잠이 없는 내게 모닝콜 자체는 큰 부담이 아니다. 7시 30분에 전화해 깨우면, 그녀가 출근 준비하기에 충분하다. 딱 맞춰 깨우면 너무 야박할까 싶어 보통은 3분 늦은 7시 33분에 스위트한 (척하는) 목소리로 살포시 전화를 건다. (약속을 잘 지키면서도 이토록 따뜻한 남자기도 하다) 얼마간 알아듣기 힘든 옹알이를 하는 아내는 곧 "응 일어나서 준비할게~ 고마워요, 사랑하는 남편~"이라 말한다. 이불 속에서 뒤척이고 있을 그녀를 생각하면 기분이 좋아지고, 그날의 모닝콜 미션을 성공적으로 끝낸다.

그런데 최근 다소 충격적인 소식을 듣게 되었다. 아내가 모닝콜을 듣고도 종종 다시 곯아떨어진다는 아연실색할 만한 얘기였다. 그러고는 늦잠을 자서 허겁지겁 준비한 후 택시로 출근한다고. 3분 단위로 알람이 맞춰진 그녀의 휴대폰을 직접 본 나는 한동안 그자리에 우두커니 고정돼 할 말을 잊었다. 지난 5년간의 모닝콜이 헛수고는 아니었을까, 무엇을 위해 아침마다 설레며 멘트를 고민했던 건가, 일어나지도 않을 모닝콜이 대체 어떤 의미가 있었을까, 흔들리는 동공의 진동을 온몸으로 느끼며 서슬 퍼런 정신적 방황을 할 수밖에 없었다.

사실 아내는 선천적으로 잠이 많다. 미인은 잠이 많다고들 하는데, 이 말이 사실이라면 그녀는 미인의 한 가지 조건에 충분히 부합할 정도로 잠을 즐긴다. 주말에는 깨우지 않으면 11시를 훌쩍 넘겨 잠자리에서 일어나곤 한다. 결혼 직후에는 이런 점이 다소 불만이기도 했다. 아까운 반나절이 허무하게 지나가기 때문이다. 그러나

'미인은 원래 잠이 많은 거겠지,' 스스로 주문을 건 후로는 그녀의 주말 잠을 최대한 지켜주려고 노력한다. 돈 벌어오는 것이 얼마나 고된 일인지 잘 알고 있기에.

그럼에도 정신적 타격을 받은 이유는 좀스럽게도 택시비가 아까워서였다. 보통 아내는 회사 동료와 카풀로 출근하는데, 늦잠 잔 날에는 꼼짝없이 택시를 타야만 한다. 가정 경제에 전혀 기여를 못 하는 백수 남편이 뭐라 하기에는 참으로 민망하지만, 택시비가 아까운 건 어쩔 수 없다.

여하튼 도원결의에 필적한 약속대로 그녀의 아침을 열어주는 모닝콜은 당분간 계속될 것 같다. 이 글을 빌어 돈 벌어오는 듬직한 아내에게 고맙다는 말과 미안하다는 마음을 전한다. 비록 그녀가 나의 전화를 받고 다시 단잠에 빠지는 한이 있더라도, 신뢰를 중시하는 한 사람으로서 실망하지 않고 지난날의 언약을 지키려 한다. 택시비 발언 때문에 쩨쩨한 남편으로 낙인찍히는 것은 상당히 두려운 일이니, 이 말만은 꼭 하고자 한다. 아침에 못 일어나서 택시 타고 출근해도 괜찮아요. 매일 당신의 목소리를 듣게 해 줘서 고마워요, 아내야.

그나저나 잠 많은 여인을 깨우는 좋은 방법이 있다면 제보 부탁드립니다.

정시 출근은 해야 하는 거잖아요. (절대 택시 비용 때문에 그러는 건 아니니 오

해는 마서요)

커피 향기는 사랑을 싣고

우리 부부는 촉촉하고 잔잔한 커피 향을 음미하고 있다. 어느 모녀에게서 눈을 떼지 못한 채로 말이지.

지금은 토요일 오후 5시. 아침부터 아내와 카페에 상주하고 있다. 주말이면 아내는 미인임을 과시라도 하듯 늦은 시간에, 스케일 큰 하품과 함께 밍기적 잠에서 깬다. 그러나 오늘은 그녀가 웬일로 아침 일찍 스스로 일어났다. 그리고는 회사에서 마무리 짓지 못한 일을 해야 한다며, 나를 끌고 근처 카페로 향했다. 운 좋게 주말의 독박 청소를 뺄 수 있지 않을까 하는 작은 기대감에 기꺼이 끌려갔다. 그리고 지금, 수상한 모녀를 관찰하면서 마음이 꽉 찬 듯 훈훈한 감정을 만끽하고 있다.

아내는 옆에서 영어와 중국어로 된 자료를 분석하고, 엑셀을 돌리며 끙끙대고 있었다. 그동안 나는 여유(잉여)롭게 커피를 마시며, 독서를 하고, 전에 썼던 (뻘)글들을 퇴고하며 시간을 보냈다. 그러면서 자연스럽게 앞자리에 있던 두 여성을 보게 된다. 조금은 의아한 마음이 들었다. 4인 테이블에 앉은 그들은 상당히 긴 시간 동안 서로 단 한마디 말도 하지 않은 채, 각자 본인의 책만 읽고 있었다. 엄숙한 분위기가 느껴지기도 하고, 외모도 전혀 닮지 않아 분명 모녀는 아닐 거라 확신했다. 그리고 잠시 뒤 다시 보니 이게 웬걸, 두 분이서 해맑게 보드게임을 하고 있는 것이 아닌가.

여느 모녀와 다름없었다. 진지한 표정으로 책을 읽던 모습은 오간 데 없이, 카페에서 목소리를 낮춰가며 소곤소곤, 호호, 깔깔거리며 게임을 즐기고 있었다. 배시시 웃는 표정의 얼굴을 다시 관찰하니 '흠, 닮았군…. 누가 뭐래도 모녀 맞네…' 처음 보는 보드게임이었는데, 하도 재미있어 보여 아내와 옆에서 훈수를 두고, 목청껏 응원하며, 흥겹게 치어리딩마저 하고 싶을 정도였다.

어머님은 50대 초반으로 보였다. 중년 여성 특유의 파마머리를 하고, 수수한 검은색 티, 선홍색 칠부바지를 입고 계셨다. 따님은 20대 초반으로, 옆모습은 도시녀와 같은 차가운 느낌의 조각미인이었지만, 정면은 해맑은 소녀였다. 도트 무늬 헤어밴드, 흰 티셔츠 그리고 검은 롱스커트의 세련된 패션을 멋지게 소화했다. 그녀 옆 의자에는 'Good Eats'라고 적힌 에코백이 비스듬히 놓여 있었고, 그 안에는 두툼한 책이 두어 권 들어 있었다. 앗, 잠깐 한눈판 사이 어느새 자리를 뜨셨네. 딴짓하는 사이에 집에 가셨나 보다.

라고 울상 짓던 순간, 바로 옆 테이블에서 중국어 공부에 열중하고 계신 어머님의 진지한 모습을 발견했다. 본능적으로 따님은 어디 갔나 하고 두리번거리던 중 아내가 나를 쿡쿡 찌르며 손가락으로 저쪽을 가리켰다. 따님은 저 멀리서 두꺼운 책을 또 사뭇 진지하게 읽고 있었다. 아내랑 나는 키득키득 웃으며, 재빨리 펜과 종이를 꺼내 필담으로 이 유쾌한 모녀에 대한 찬사와 잡담을 시작했다.

'나도 나중에 딸이랑 저렇게 놀고 싶다.'
'노노, 딸은 아빠랑 더 많이 데이트할 거야.'
'지금 당장 딸 우선권에 대해 제비뽑기하자!'

뭐 이런 식의 유치한 얘기였다.

시간이 흐른 뒤, 따님이 어머님 자리로 와서 누군가에게 전화를 걸었다. 아버님과의 통화 같았다. 엄마와 잠시 더 있다 가겠다는 내용이었는데 기어이 애교 섞인 부산 사투리를 듣고야 말았다. 자동 반사적으로 우리는 또다시 필담 찬사를 시작했다. '우리 딸도 저렇게 예쁘게 말하면 좋겠다', '귀여운 언어는 일찍 배워둬야 한다', '사투리 교육이 시급하다!' 결국 조기교육에 대한 서면 합의를 하고야 말았다.

오후 7시쯤, 슬슬 배고파하던 아내가 슬쩍 눈짓을 준다. 얼른 집 가서 밥 먹자는 사인(명령)이었다. 주섬주섬 짐을 챙기고 어느새 습관이 된 듯, 내 눈은 모녀를 찾고 있었다. 다시 앞자리에서 게임에 열중하며 조곤조곤, 깔깔, 호호 즐기고 계시는 모습을 보니 입가에 미소가 살포시 스민다.

더운 여름, 분위기 좋은 카페에서 스친 풍경이 꽤 오랫동안 기억에 남을 것 같다. 흐드러지는 모녀의 사랑과 아름다움이, 풍미 있는 커피 향에 실려 피어오른다. 아련한 여운이 남는 향긋한 주말 저녁이었다.

아내께서 청소를 미뤄주셔서 참 다행인 날이기도 했다.

연애는 달콤쌉쌀해야 제맛

대학 4학년 시절, 여느 졸업반 학생과 다름없이 학교 도서관에 콕박혀 지냈다. 취업 준비에 몰두하지도 않으면서 막연한 미래에 대해 걱정하며 시간을 축내고 있었다. 그러던 어느 날, 잠시 자리를 비운 사이 내 책 위에 비타500 한 병과 쪽지가 살포시 놓여 있었다.

제 스타일이에요♡

친해지고 싶어요.

010-XXXX-XXXX

드디어 내게도 화사한 봄 햇살이 비치는구나. 노란색 리본을 한 소녀가 그려진 일러스트 뒷면에 귀여운 글씨체로 적힌 메모였다. 이런 날이 오다니. 콩닥콩닥 뛰는 20대 남자의 마음이란 정갈한 탁자 위에 올려진, 살짝 튕기듯 진동하는 상큼한 오렌지 푸딩과 같았다. 두리번두리번 둘러봐도 누가 놓고 간 건지 도통 알 수 없었다. 수줍음을 많이 타는 여성일 거다.

마음 같아서는 당장이라도 휴대폰이 부서질 듯 격렬하게 번호를 누르고 싶었으나 겨우 참았다. 아니, 참을 수밖에 없었다. 불과 며칠 전에 여자 친구가 생겼기 때문이다. 인생은 이토록 알 수 없다. 난생처음 묘령의 여인에게 쪽지를 받았는데, 이미 품절남이 되어 있었다. 이 순진한 여인은 지금껏 대체 뭘 하고 있었단 말인가. 미안하고, 애통하고, 아리고, 쓰려도 어쩔 수 없다. 난 이미 임자가 있는 몸이라오. 아아. 그대의 애틋한 사모의 정을 외면할 수밖에 없는, 당신 스타일의 남자를 용서하오.

쪽지에 휘둘리지 않을 만큼 재미진 연애였다. (물론 내가 지조 있는 남자란 점도 한몫했지만) 그렇다고 우리가 유난히 닭살 돋는 연인은 아니었고, 다른 여느 커플 정도만큼 달달했다. 카페에서 대화하고, 영화를 보며, 미술 작품을 감상하고, 경복궁도 걸으며 데이트를 즐기던 평범한 남녀였다. 조금 특별한 건 세 살 차이 연상연하 커플이었다는 점. 그뿐이었다.

더러 세 살 차이 동아리 선후배라는 게 극적으로 작용하기는 했다. 어느 날, 둘이 걷다가 우연히 한 선배를 만났다. 그러니까 내 선배이자 그녀의 후배였다. 자동반사적으로 깍듯하게 형님께 인사를 올리는 순간 아차 싶었다. 연애 초반인 만큼 누구에게도 들키지 않았으면 했는데, 벌써 허망하게 발각되는 건가. 그는 한참 후에야 그녀를 발견했다. 허나 어처구니없게도 우리가 커플이란 사실을 전혀 인지하지 못했다. 둔감한 건지 아니면 상상이 안 됐던지. 뒤돌아서서 안도의 한숨을 내쉬며 둘이 낄낄거리던 순간이 있었다.

하지만 아시다시피 연애가 언제나 행복할 수만은 없다. 우리에게는 애초에 나이 차보다 더 큰 문제가 있었다. 여자 친구의 직장이 곧 부산으로 이전할 예정이었던 것이다. 처음 만나기로 했던 때로부터 5개월 후에. 알게 모르게 이 점이 우리 마음을 짓눌렀지만, 누구 하나 여기에 대해 진지하게 말을 꺼내지 못했다. 어쩌면 외면하고 싶었을지 모른다. 150일은 금방 지나가 버리더라.

어느덧 그녀를 보내야 할 때가 왔고, 적어도 나는 이렇게 떨어져야 할 마음의 준비가 되지 않았다. 많이 힘들었다. 그녀 역시 그 시간이 다가오자 우울한 모습이 역력했다. 와락 눈물을 쏟기도 했다. 부산으로 향하는 KTX에 몸을 실은 그녀를 떠나보내며, 나 역시 슬프고 무력한 감정을 느꼈다. 겉으로는 대범한 척 웃으며 보냈지만, 마음에 구멍이 뚫린 듯 허한 느낌이었다. 돌아오는 길에 터벅 터벅 걷던 발걸음의 무거운 촉감이 지금도 생생하다.

그 후 '롱디 커플'로도 나름 잘 지냈던 것 같다. 생경하던 부산도 한 달에 한두 번 내려가고. 그만큼 우리의 관계도 어느 정도 완숙해지지 않았을까. 연애의 쓴맛을 몸소 겪었으니 그랬는지도 모르겠다. 몸은 멀어졌지만, 마음만은 더 가까워졌음을 느꼈다. 여전히 추레한 학생이자 취준생이었지만, 나를 온전히 바라봐주는 한 사람이 있다는 게 다행이다 싶은 날들이었다.

$- - -$

지금도 지난날의 쪽지가 생각나곤 한다. 여기서《식스센스The Sixth Sense》의 브루스 윌리스 아저씨도 오금 저릴 만한 반전 하나. 그 쪽지는… 아내의 짓궂은 장난이었다! 어린 남자 친구를 시험해보겠다는 심산이었는지는 몰라도, 쪽지와 음료를 내 자리에 슬쩍 놓은 것이다. 그 사실을 알았을 때, 순진한 청년은 졸도할 뻔, 경악을 금치 못했다.

한껏 설레하며 두리번거리던 내 모습을 몰래 지켜봤을 그녀를 생각하면 지금도 뒷골이 서늘하고 하늘이 노래진다. 혹시나 휴대폰이 부서질 듯 격렬하게 번호라도 눌렀다면… 상상하기도 싫다. 초반부터 연상 여자 친구의 몹쓸 장난질로 흠칫 두들겨 맞던 처량한 연애였다.

역시 연애란 달콤쌉싸름해야 제맛인가 보다.

어떤 면에서 결혼 생활도 별반 다르지 않다. 그녀의 개구진 면모는 지금도 여전하거든요.

누나의 위장이 궁금해

결혼 생활을 시작하면 연애 당시에는 몰랐던 상대방의 독특한 취향 내지는 특이한 성향을 발견하는 재미가 쏠쏠하다. 그 쏠쏠한 재미가 신혼 때는 신선하고도 톡톡 튀는 매력으로 다가온다. 그런데 결혼 생활이 부득이하게 장기간 지속되다 보면 쏠쏠하다 못해 당황스러울 때도 적잖이 많다만. 그런 감정이 누적됨에 따라 사실은 나 자신이 정상 범주에서 벗어난 이상한 인물이 아닌지 의심마저 들 때도 있다.

내가 만일 의사, 더 세분화해서 해부학자, 아니 더욱 좁혀서 해부 병리학자라면 인생을 바쳐 꼭 연구하고 싶은 대상이 있다. 바로 아내의 위장이다. 아무리 부대끼며 같이 살아도 도저히 적응하거나 이해하기 힘든 그녀의 난해하고도 심오한 위장.

구구절절 설명하는 건 구차해 보일 테니 에피소드를 하나 소개할까 한다. 우리 부부가 부산에서 올라와 서울역에 도착했을 때였다. 마침 점심시간이 훌쩍 지났으므로, 둘 다 허기진 배를 부여잡고 다급히 역 근처 해장국 집에 들어갔다. 나는 선지 해장국, 아내는 우거지 해장국을 주문. '배고픈 나그네에게는 역시 국밥이지'하는 심정으로 각자에게 할당된 뜨끈한 국밥 한 그릇을 허겁지겁 먹었다. 금세 한 뚝배기를 뚝딱 비우고 행복한 포만감으로 끄억.

만족스러운 한 끼 식사를 마치고 길을 나서는데, 뭐가 아쉬운지 고개를 갸우뚱거리며 나를 따라오는 아내를 보게 됐다. 왜 그러냐고 묻자, 아내는 이렇게 답했다.
"나 배고파서 도무지 걷지를 못하겠어."
순간 내 귀를 의심하지 않을 수 없었다. '배가… 고프시다고요?' 이 말에 참으로 아연실색할 수밖에 없던 이유는 분명히 방금 그녀는 우거지 해장국에 밥 한 공기를 뚝딱 깨끗하게 비웠기 때문이다. 마지막 국물 한 방울, 밥 한 톨까지 모조리.

아내는 이렇듯 식사 직후에 바로 배고프다고 투덜대는 게 한두 번이 아니다. 가히 납득하기 힘든 위장이다. 배 속에 먹성 좋은 기생충 한 마리라도 키우시는 건 아닌지 남편으로서 몹시 우려스럽다.

아내 역시 나란 인간에 대해 이해할 수 없는 점이 많긴 한가 보다. 집 안에 필요 없는 물건들을 내다 버리려 하거나, 밥을 먹고 TV 앞 소파에 누워 있을 때면, "우리 남편은 정말 특이하다니까" 하며 은근히 돌려까신다. 또한 얼굴에 난 뾰루지를 손으로 만지작거리거나, 삐져나온 코털을 직접 뽑는 모습이 걸렸다 하면 모진 구박을 받는다. 내가 보기에도 쑥스러운 사생활이라고 인정은 하지만, 그냥 지극히 평범한 삶의 현장일 뿐인데. 이토록 나를 이해하지 못하는 아내라니, 굉장히 난감하고 당혹스럽다. 그나저나 저 정도면 참말로 평범한 거 아닌가요?

내 아내의 엉뚱한 성향이 단지 활달한 위장뿐이라 생각하신다면 큰 오산이라 말씀드리고 싶다. 독자님께서 상상하시는 것보다 훨씬 더 비범한 인물이니 과소평가는 말아주시길. 그녀에게는 초능력이라고까지 할 만한 뛰어난 공감 능력이 있는데, 이걸 가지고 감정이입을 잘한다 해야 할지 모르겠다.

가령 좀비 드라마《킹덤》을 보고는 부지불식간에 내 목덜미를 '캭' 하고 깨문다든가, 멜로 영화《너의 췌장을 먹고 싶어》를 보고 나서는 손톱으로 내 통통한 배를 헤집는다거나 하는 식이다. 그럴 때마다 필사적으로 그녀의 이와 손길을 뿌리치지만, 이내 포기하고 마치 서열정리가 끝난 강아지처럼 모든 걸 순응한 채 목덜미와 배를 순순히 내밀고 만다. 매일 아침 일어날 때마다 목에 남겨진 이빨 자국에 피가 굳어있지는 않는지, 혹은 복부 안에 오장육부 중 하나가 사라지진 않았는지 최대한 침착하게 확인하곤 한다. 내 몸은 내가 지켜야 하는데, 쉽지 않은 일이다.

이러나저러나 결혼 생활이 녹록지 않다는 걸 경험적으로 실감하고 있다. 그건 나나 아내가 유난히 별난 사람이라서만은 아닐 것이다.

흠… 그런데 생각해보니 사실 별난 게 맞을 수도 있다. 우리에게도 넓디넓은 우주에서 단 한 명밖에 없을, 각자만의 고유함이 있을 테니까. 비록 서로를 온전히 헤아리기는 어렵겠지만, 상대를 유일무이한 특별한 존재로 여겨야지. 그냥 아내가 호모 사피엔스보다 조금 진화가 더 된 신新인류로서 물리적인 소화기관과 정서적인 EQ가 유난히 발달했거니 생각하기로 했다.

끝으로 다시 강조하지만, 나는 스스로를 정상인이라 굳게 믿고 있다. 누구나 그렇듯.

혹시 오해가 있을까 싶어 첨언하자면, 평소 아내의 식사량은 내가 봐도 그

다지 많지 않을 뿐더러 오히려 한 숟가락씩 남길 때가 많다. 그런데 가끔은

저리 어처구니없게 배고프다고 하시니, 더욱더 미스터리하다.

경제학자의 부부 싸움

로버트 루카스^{Robert Lucas}라는 경제학자가 있다. 노벨경제학상 수상자이자 거시 경제학계의 큰 기둥이다. 위대한 학자였으나 좋은 남편은 아니었는지, 바람을 피우고 아내와 이혼하고자 했다. 당시 아내는 이혼의 대가로 한 가지 흥미로운 조건을 내건다. 7년 뒤인 1995년 10월 31일 이내에 그가 노벨상을 받게 되면, 상금의 반을 달라는 것. 1995년 10월 7일, 루카스는 마침내 노벨상 받았고, 전처는 상금의 반인 50만 달러를 챙긴다. 공교롭게도 이 경제학자의 최고 업적은 '합리적 기대 이론'이었고, 비전공자였던 전처는 이 이론을 누구보다 잘 이해하고 활용했다. '합리적 기대 이론을 정교화하고 퍼뜨린 건 루카스, 직접 시연한 건 첫째 부인'이라는 전설

---

* 합리적 기대 이론 : 사람들은 사용 가능한 모든 정보를 활용하여 미래를 예측하며, 이러한 예측이 틀린다 하더라도 미래에는 체계적인 오차가 발생하지 않고, 전체적으로 옳게 수정해서 예측한다. 그 때문에 경제 주체들에게 알려진 경제 정책은 개인들의 수정된 예측으로 인해 기대했던 효과를 내기 어렵다는 이론.

적인 말이 내려온다.

- - -

K교수님께서는 거시경제학 수업 중 종종 이런 재미난 에피소드를 들려주신다. (난 현재 경제학도다!) 유머 욕심이 있으셔서인지 진지한 수업은 곧잘 삼천포로 빠지곤 하는데, 그때마다 특유의 행동을 하셔서 앞자리에 앉는 나로선 그 미묘한 포인트를 곧잘 알아챈다. 찰나의 순간 콧김과 함께 살짝 "피식" 소리를 내시는 것이다. 신호를 감지하면 흐리멍덩했던 내 눈은 이내 반짝인다. 이번 학기의 절정은 K교수님의 부부 싸움 이야기였다.

어느 날 교수님께서는 짐짓 엄숙한 표정으로 경제학을 연구하는 사람들의 자세에 대해 역설하셨다. 요지는 '하나하나 따지는 피곤한 사람이 되어라'였다. '주변의 현상을 당연하게 받아들이지 말라, 문제의식을 바탕으로 원인과 결과를 면밀하게 살피고, 증거와 데이터에 입각해 합리적으로 사고하라' 등의 교훈적 말씀이었다. 눈꺼풀은 점점 무거워지고 정신이 혼미해지던 그때, 교수님의 콧김과 "피식"이 감지되었다. 사슴 같은 내 눈망울은 마치 원래 그랬던 것처럼 똘망똘망해졌다.

'경제학자의 시각'을 지닌 교수님께서는 사모님과 정말 많이 싸우셨다고 한다. 결혼 초부터 사사건건 문제 삼고, 따졌기 때문에 사모님께서는 치를 떠셨단다. 어쩜 당신은 매사에 그리도 피곤하게 사냐는 한탄이 들리는 것만 같다. 그런데 시간이 흐르고, 사모님께서는 적응과 학습을 끝내셨다. 빅세일 시즌에 대량 쇼핑을 하시고는 그 구매의 당위성에 대해 경제학적 기회비용으로 교수님을 설득하신단다. 이제는 경제학 거장의 기품을 유감없이 발휘하신다고. 과거의 업보가 있는 교수님께서는 매번 '끙끙' 앓으시면서도 받아들일 수밖에 없다며 한숨을 내쉬셨다. 마무리는 역시나 교훈적이었는데, 여하튼 학생들도 경제학자의 관점을 새기라는 메시지였다.

나는 그만 수업 중에 혼자 빵 터지고 말았다. 우리 부부의 모습과 너무도 닮았기 때문이었다. 순간 강의실은 정적에 휩싸였고, 학생들의 따가운 시선이 뒤통수에 오롯이 느껴졌다. 지금이라도 유부남은 어쩔 도리가 없었다고 항변하고 싶은 마음이 굴뚝같다.

나와 아내의 다툼 역시 대체로 이성과 감성의 충돌에서 비롯된다. 바람직한 경제학자 마인드로 무장한 나는 (후훗) 실용적인 관점에서 이것저것 따지는 습성이 있다. 반면 아내는 번뜩이는 영감과 따뜻한 감정, 박애 정신에 큰 가치를 둔다. 이슈에 대해 서로의 틈을 좁히지 못하면 이내 싸움이 터지고야 만다.

요즘 우리 부부의 갈등 소재는 '자동차'다. 슬슬 차가 필요한 시점이기에 이것저것 정보를 모으고 있다. 냉철하고 실용적인 남편은 (후후훗) 세단 중고차가 좋을 것 같다. 반면 높은 차에 꽂혀버린 아내는 SUV 신차를 원한다. 중고차는 아무래도 찜찜하고, 미래의 아이를 위해 큰 차가 필요하다는 것이 그녀의 주장이다. 공감은 되지만 문제는 비용이다. 돈 한 푼 못 벌어오는 학생 남편에게 새 차 가격은 큰 부담이다. 주어진 예산 제약 아래서 가성비 좋은 중고 세단을 구입하는 것이 합리적인 결정이라 믿고 있다. 대립과 갈등은 더욱 깊어지고 있다.

한동안은 공부를 계속해야 하고, 향후 이걸로 밥벌이할 가능성이 높기에 바람직한 경제학자의 자세를 포기할 마음은 추호도 없다. 따뜻한 휴머니스트 아내는 이런 남편이 버거울 수도 있겠다. 그녀에게 심심한 위로의 말을 전한다. 그리고 이런 제안을 해본다. 함께 경제학을 공부하는 것은 어떤가. 경제학도 남편의 자존심을 걸고 개념원리부터 친절히 알려드릴 자신 있다. 그렇다고 아내가 너무 잘 배워, 매우 깐깐한 경제학자의 마인드를 갖추는 건 다소 꺼

그래도 경제학도 마인드를 포기할 순 없지, 메롱

려지지만.

그나저나 아내 누님.
과외 비용은 시간당 만원입니다.
'공짜 점심은 없다'라는 건 경제학의 기본 전제잖아요.
용돈이 쪼들리긴 하거든요….

아무리 싸운다 한들 내가 노벨상을 받을 가능성은 0에 수렴하고, 따라서
아내도 50만 달러를 받을 기회는 전혀 없어 보이니, 서로 차이를 받아들이
고 양보하며 살기를!

아내가 받았다

지리한 고민 끝에 차를 샀다. 아내는 매일 직속 부서장의 차를 얻어 타고 출근하고 있었고, 언제까지 신세질 수만은 없었다. 지난여름부터 종종 차를 빌려 누님의 운전 연습을 도왔고, 최근에는 어떤 차를 사야 할지 머리를 맞대고 끙끙거렸다. (싸우기도 많이 싸웠죠) 결국 쨍한 햇빛을 머금은 바다를 닮은 청색 소형 SUV를 구매했다. 깜찍한 이름도 지었다. '카카'. 그런데 2주 만에 사고가 나고 말았다.

그것도 아내의 첫 출근길이었다. 차를 구입하고, 주말과 저녁에 족히 수십 번은 출퇴근 연습을 했다. 평소에는 세상 무서울 것 없는 용감한 여자지만, 운전대만 잡으면 순한 양이 되는 그녀였다. 아직 운전에 미숙한 아내는 신호와 차선을 달달 외우고, 내비게이션 안내 음성을 경청하며, 주위 차들을 살피느라 정신이 없었다. 조수석에 탄 나는 또 하나의 (잔소리) 내비게이션 역할을 자처하며 그녀를 지원했다(고 생각했으나, 돌아오는 건 시끄러우니 조용히 하라는 엄중한 꾸짖음이었다). 대망의 첫 출근. 방학이면 백수가 되는 남편이라 의무감에 드라이버 아내와 동행했다. 월요일이라 차가 많긴 했지만, 이 정도는 이미 염두에 뒀다. 예상외로 침착하게 운전하는 아내의 모습에 뿌듯해하려는 찰나,

쿵!
으악!

골목에서 큰길 진입을 위해 비보호 우회전을 해야 하는 시점이었다. 큰길에는 빠른 속도로 차들이 달리고 있었다. 우리는 좌측을 주시하며 사냥감을 노리는 배고픈 치타와 같이 빈틈을 노려 미꾸라지처럼 유연하고, 잽싸게 들어가야만 했다. 절호의 타이밍이 왔다. GO! 차 머리가 오른쪽으로 도는 순간, 아뿔싸… 박아버렸다. 우측에는 무려 에쿠스(!)가 있었고, 선글라스를 낀 중년 남성이 슬그머니 창문을 내리고 있었다.

아주 살짝 접촉한 거라, 다치지는 않았으나 둘 다 꽤 열이 받은 상황이었다. 카카의 바로 오른쪽은 인도였고, 다른 차가 들어올 거라

상상할 수 없는 공간이었기 때문이다. 하지만 어느새 얌체 같은 차한 대가 끼어들고자 슬쩍 옆에 와 있었고, 큰길을 지나는 차들에 집중하고 있던 우리가 전혀 예측할 수 없이 사고가 났던 것이다.

그런데 부부의 뚜껑이 진정으로 열리게 한 것은 상대 운전자의 태도였다. 무참하고도 태연하게 인도를 밟고 있던 에쿠스 운전자는 "이렇게 박으면 어쩌냐"고 적반하장 식으로 말하는 것이 아닌가. (그것도 반말로) 이런 염치없는 사람을 봤나! 당장이라도 조수석 문을 열고 큰소리치고 싶었으나, 불행히도 두 차는 딱 붙어있었고, 옴짝달싹 조수석 문조차도 열 수 없는 애처로운 상황이었다. 운전석의 아내는 울화가 치밀어 부르르 떨고 있었다. (그토록 무시무시한 그녀의 분노는 처음 봤다)

차를 사면서 작은 사고가 발생하는 것쯤은 시간 문제라 생각하고는 있었다. 다치지만 않는다면 스크래치 정도는 대범하게 넘기려 마음먹었다. 다만 생각보다 빨리, 그것도 첫 출근길에 사고가 터졌기에 마음이 쓰렸다. 더욱이 남편이 옆에 앉았음에도 사고가 발생했으니, 전적으로 내 탓이 아닌가 자책하게 된다. 몸에는 이상이 없으니 괜찮다고 위로하며 마음을 쓸어내려도, 예의라곤 어딘가에 팔아먹은 운전자를 떠올리면 지금까지도 화딱지가 난다.

사실 나는 자동차에 별로 관심이 없었다. 남자의 로망은 자동차라고 하는데, 내게는 그저 하나의 이동수단에 불과하다. 하지만 막상 새 차를 사고 보니, 이게 또 뭐라고, 무진장 애착이 간다. 타고난 기계치 아내는 나보다 한술 더 떠서 사랑에 빠진 듯 카카를 애지중지 다룬다. 매일매일 내외부 청소는 물론, 시시때때로 멀쩡히 주차된 차를 쓰다듬으러 나가자며 남편의 팔을 휘어잡는 그녀다.

지난주에 아기가 딸린 손님을 태워 배웅한 후, 집 주차장에 차를 댔을 때 뒷좌석에서 옷을 꺼내던 아내가 갑자기 비명을 질렀다. 오잉? 뭔가 싶어 살펴보니, 뒷좌석에 흰 발자국과 아기의 흔적이 생겨버린 것이다. 후다닥 발판을 털어내는 아내의 실루엣은 마치 자녀의 상처를 보고 깜짝 놀란 엄마의 모습과 같았다. 자동차를 향한 일종의 모성애와 비슷한 기운이 그녀에게서 뿜어졌다.

당시 사고는 매우 경미했기에 보험 처리 없이 상호합의하에 없던 일로 하기로 했다. 여하튼 아내와 나, 우리 카카도 크게 다친 곳이 없으니 참말 다행이다. (심지어 카카는 충돌의 작은 흔적조차 없다. 보기보다 튼튼한가벼) 갑작스러운 사고에 적잖이 당황했지만, 꿋꿋하게 안전운전하려는 아내를 보며 다시금 든든함을 느낀다. 오늘도 그녀와 함께 출퇴근하고, 옆자리에서 주체할 수 없는 잔소리를 해대며, 상처받았을 카카를 함께 어루만지고 닦는다. 앞으로 10년 이상을 동고동락할 첫 자동차이니만큼 우리 부부의 손길에 정성이 담긴다.

그나저나 아직도 찻길은 무서워.
배려와 존중, 예의와 안전이 깃든 길이 되길 바란다.

몇 주가 흐르니, 아내는 연이어 과속 딱지를 받았다. 스피드에 맛 들이면 골치 아픈데, 흠….

자꾸 생각나는 맛

이 시대 최고의 미식가 K양을 아시는지. 생소하시다면 대단히 유감스럽다.

그녀로 말할 것 같으면, 논평 한 줄에 유명 5성급 호텔 셰프의 오금을 저리게 하고, 《냉장고를 부탁해》 제작진의 간곡한 영입 요청도 5년째 거절 중이며, 권위가 하늘을 찌르는 미슐랭조차 그녀를 모셔가고자 굽신댄다는 소문이 이 바닥에 파다하다. 잘생긴 연하의 남자를 대동하고, 비밀리에 궁극의 맛을 찾아 헤맨다고 한다. 소위 맛집이라 일컬어지는 곳은 K양의 날카로운 비평을 피해 가기 힘들다. 워낙 베일에 싸인 인물인지라 정체는 아무도 모른다. 그래서 민중은 그녀를 이렇게 부른다.

'협객, 맛짬뽕'.

들리는 풍문에 따르면 이 인물이 말하는 궁극의 미각이란, 이른바 '자꾸 생각나는 맛'이다. 이 단순하고도 황홀한 찬사 한마디를 듣기 위하여, 오늘도 세계적인 셰프들은 살과 뼈를 깎는 노력으로 채소를 다듬고, 오차 없는 칼질을 해대며, 양념장의 비율을 고민하고, 뜨거운 불 앞에서 후라이팬을 돌린다고 전해진다.

'협객 맛짬뽕' 때문에 마음 졸이고 있을 어느 셰프를 위한다는 사명감으로, 나는 비로소 그녀의 정체를 폭로하고자 마음먹었다. 맛짬뽕 K양은… 바로, 내 아내다. (잘생긴 남자는 떠도는 소문일 뿐이니, 무시해도 좋다) 일찍이 이 도도하고 은밀한 협객에 대해 들은 바가 있으셨다면, 당연하게도 아찔한 충격에 머리가 핑 돌 거라 예상된다. 남편의 공식 인증이니 믿으셔도 좋다. 그녀가 어떤 인물인지 궁금하시다면 이 글을 계속 읽는 걸 정중히 권한다.

협객이 말하는 '궁극의 맛'을 이해하려면 K양의 취향을 염두에 둘 필요가 있다. 일단 그녀는 다큐멘터리 추종자다. K양에게는 《셰프의 테이블》이나 《길 위의 셰프들》 같은 풍미 넘치는 다큐멘터리를 시청하는 고상한 취미가 있다. 또한 그녀의 편중된 독서 습관 역시 눈여겨볼 만하다. 요리 인류가 떠난 지적 대모험의 정수를 담은 걸작 『음식의 언어』, 전 세계의 음식 문화를 총망라한 블록버스터급

대작 『지구의 밥상』 같은 인문 서적은 서재의 가장 중요한 자리에 꽂혀있다. 마치 심오한 맛을 음미하는 듯, 수르릅 츕츕 입맛을 다시며 다큐를 보고, 책을 읽으시는 깜찍한 맛의 달인, 누님 아내다.

이 까탈스러운 미식가의 기대치를 맞춰야 하는 남편은 운명이라고밖에 할 수 없는 임무를 띠고 있다. 그녀의 입맛을 충족시킬 맛집을 찾는 것. 그러나 내겐 재능이 없어 매우 슬프다. 굳이 짚고 넘어가자면, 재능이 없다기보다 의지 부족이라 하겠다.

사랑하는 이와 함께하는 소박한 식사보다 맛있는 요리는 없다고 믿는 나로서는 일부러 맛집을 찾아야 하나라는 의구심이 든다. 그 때문에 맛집 탐사라는 그 어려운 임무는 언제나 큰 부담이다. 하지만 하는 수 없이 봇물 터지듯 업로드되는 리뷰를 찾아볼 수밖에 없다.

가끔 껌뻑 죽을 것 같은 찬사를 보게 되면 가슴이 뛴다. '그래, 이거라구! 이토록 극찬한 음식이라면, 그녀의 혀를 만족시키는 건 일도 아니겠군!' 하며 찾아가 보지만, 막상 내 앞의 협객이 감탄한 경우는 드물다. 초롱초롱한 눈을 하고는 잔뜩 기대에 부풀어 수저를 들지만, 안타깝게도 대부분의 반응은 시큰둥, 평균 평점 3.65.

참으로 난감하다.

그러나 언제나 반전의 여지는 있는 법. 몇 달이 흐른 후, K양은 대뜸 이렇게 말할 때가 있다. "그때, 거기에서 느낀 혀의 감각이 계속 떠올라. 자꾸 생각나는 맛이야." 이쯤 되면 남편의 안목은 감히 훌륭하다 할 수 있다. 순간이 아닌, 몇 달 앞을 미리 내다본 야심작 맛집이었기 때문에 희열은 더욱 크다. '자꾸 생각나는 맛'이라는 K양의 한마디로, 생의 의미를 모두 이룬 듯 충만해 보이는 셰프들의 얼굴이 아른거린다. 장기적으로 그 어려운 일을 해낸 나는 가히 '협객 맛짬뽕'의 남편이라 불릴만한 자격이 있다.

- - -

오늘 그녀는 느닷없이 내 팔짱을 부여잡고 이런 말을 했다. "자기야, 나 지난번에 갔던 순대곱창전골이 먹고 싶어. 시간이 흐를수록 자꾸 생각나는 맛이야!" 무려 석 달 전에 모시고 갔던 집이다. 의외로 향토적인 미식가의 입맛에 감탄함과 동시에 그녀의 혀를 기어이 만족시키고야 만 나의 성취에 스스로 박수를 보낸다.

관심을 끌기 위해 매우 사소한 과장을 해서 약간 죄송하지만, 그녀가 미식가란 사실만큼은 믿어주셨으면 한다. 똠얌꿍, 곱창 그리고 명란젓을 특히 좋아하신다.

참고로 저는 라면과 삼겹살, 꽃등심, 순댓국, 평양냉면, 양꼬치, 카르보나라, 치킨, 방어회, 녹두전, 새우튀김, 김치볶음밥, 마카롱, 초록색 포카칩, 오레오 쿠키, 떡볶이, 동동주… 그리고 요거트를 좋아해요^^ (이러니까 살이 찌지…)

남편의 버킷 리스트
_이야기의 천문학

골방에 앉아 뜨끈하게 몸을 지지고 있다. 68.5℃의 습식 사우나다. 별일 없으면 일주일에 한 번은 대중목욕탕에 가는데, 요즘엔 사우나의 매력에 빠져 있다. 땀과 노폐물을 배출하면 육체가 한결 산뜻해지니, 그 청량함을 누리고자 안간힘을 쓰며 조금이라도 더 버텨본다. 허나 모래시계의 입자가 3분의1쯤 떨어지면 몸이 배배 꼬이고, 정신마저 혼미하다. 그날은 배회하는 영혼을 툭 놓은 채, 우연히 천장을 보게 되었다. 분무기에서는 굵은 수증기가 살포되고 있다. 조명을 머금은 수증기는 제법 영롱한 빛을 발산하며 젖은 머리에 살포시 내려앉는다. 마치 밤하늘에 쏟아지는 별처럼 말이지.

누구에게나 살면서 한 번쯤은 이루고픈 버킷 리스트가 있기 마련이다. 내게는 별과 은하수에 대한 근본 없는 로망이 있다. 아내와 함께 은하수란 걸 두 눈으로 꼭 보고 싶다. 단지 별이 많다는 걸로는 도무지 성에 차지 않으므로 반드시 은하수여야만 한다. 칠흑 같은 밤하늘에 정말이지, 거대한 강줄기가 흐르는 듯한 찬란하고도 유려한 은하수. 그 황홀한 광경을 한없이 마주할 벅찬 순간이 올까. (2020년에 우주정거장 여행 상품이 나온다고 한다. 모든 조건이 완벽하게 만족되나, 딱 하나 사소한 문제가 있다. 600억 원짜리라나. 쩝…)

이런 황당한 가설을 들은 적 있다. 직립보행을 시작한 영장류는 되풀이되는 무료한 밤을 달래고자 하늘을 올려다봤다고. 별을 관찰하며, 상상을 하고, 이야기를 짓다 보니 두뇌가 발달해 인간이란 지적 존재로 진화했다는 것이다. 하도 엉뚱해서 신빙성이 있는지 모르겠으나 확실한 건, 별에는 '이야기'가 담겨있다는 점이다. 상상이 깃들여진 별자리는 신과 요정이 사랑을 나누는 신화이고, 영웅과 괴물이 사투를 벌이는 전설이며, 사람들이 삶을 살아내는 이야기다. 그 안에는 환상이 있고, 모험이 있으며, 소망과 절망, 희극과 비극이 오롯이 투영되어 하늘에서 빛나고 있다.

얼마 전 친구 부부가 부산을 방문했다. 야경을 구경하고자 우리 내외와 함께 황령산에 올랐다. 내려다보이는 반짝이는 도시. 그 찬란한 전경에 취하고 있노라니, 다시금 별의 형상이 마음 한 켠에 아스라이 떠오른다. 그 모습은 흡사 은하수였다. 비록 지상이 뿜는

인공의 빛에 묻혀 밤하늘의 별은 보이지 않았으나, 분명 별의 이미지였다. 문득 이런 생각이 들었다. 지금 바라보는 도시의 불빛 하나하나에 저마다의 하루와 일상, 그리고 삶이 녹아있을 거라고. 마치, 별자리에 고대인의 이야기가 스며있는 것처럼. 이 순간에도 땅에서 반짝이는 저 불빛 자체가, 보통 사람들의 사소한 이야기를 전하고 있다고.

날것의 삶이 타고 있는 도시의 야경에는 평범한 사람들의 이야기가 깜빡이고 있었다. 그 안에는 사랑과 이별이 있고, 기쁨과 슬픔이 있고, 환희와 고난이 있으며, 상처와 치유가 있고, 신뢰와 배신이 있고, 잔상과 착시가 있으며, 고독과 연대가 있고, 동경과 시기가 있고, 들숨과 날숨이 있다. 그리고 숱한 사건과 감정이 실핏줄처럼 뒤엉켜, 오늘을 살아가는 한 인간의 삶이 이야기로 천천히 흘러간다.

최민석 작가는 그의 소설에서 이렇게 말했다.

"역시 삶은 이야기였다. 그것은 어떤 이에게는 단지 이력서 몇 줄 써질 경력에 불과하겠지만, 어떤 이에게는 밤하늘의 별처럼 잠들지 않게 하며, 이불을 덮고서도 그 속에 빠져 새벽을 맞게 하는, 즉 살아 있는 동안만큼은 누구에게나 자신을 주인공으로 하여 여전히 흘러가고 있기에, 또 하루를 온전히 살게 하는 바로 그 이야기였다. 그렇기에 삶은 그 사람의 묘비에 새겨질 몇 줄의 이야기였고, 그 사람의 후손들 입에 담겨질 영웅담과 추억이었고, 어떤 이에게는 이름만으로도 눈물 맺히게 하는 사연이었다. 그 모든 것이 그 사람이 써온 이야기였고, 그 사람이 꿈꿔 온 이야기였고, 그 사람이 지우고 싶은 이야기다."

삶은 본질적으로 이야기이기에 필연적으로 구전된다. 누구나 본인의 사연을 나누고 싶고, 상대방의 이야기를 듣는다. 이는 짤막한 단막극이 아니라 실로 방대한, 일상의 숨결이 담긴 여정이자 역사다. 그래서 본인의 삶을 온전히 말하고, 누군가의 삶에 귀 기울이고자 한다면 잠시 모든 걸 내려놓고 숨을 돌려야 할지 모른다.

정적만이 가득한 고요한 밤에 자신을 오롯이 맡긴 채 하늘을 올려다볼 느긋한 여유가 필요하다. 갑자기 전등이 꺼지면 주위는 온통 새까만 어둠이 되지만, 시간이 지나며 차차 사물의 실루엣이 보이는 것처럼 말이다. 누구든 그들의 삶과 인생, 즉 이야기를 위해서 어쩌면 차분하고 겸손하게 기다릴 시간의 여백을 가져야 할지도.

늘 그렇듯 역시나 얼토당토 않은 글이 되어버렸지만, 이 글은 '반드시 은하수를 보고야 말 테다!'라는 투정이 왜곡되어 발현된 결과다. 기회가 올지 알 수 없다만, 목욕을 좋아하는 나로서는 이왕이면 노천탕이나 사우나에서 은하수를 만나면 더 좋을 것 같다.

아 참, 아내랑 함께 봐야 하니, 혼탕이면 더욱더 좋을 테고(히힛).

투명한 시간을 걷는
너와 나

아내와 강아지

내게는 띠띠동갑의 어린 남동생이 하나 있다. 사실 이 녀석은 시츄, 즉 강아지다. 우리 가정의 귀염둥이니 부모님에게는 아들이요, 내게는 동생이라 할 만하다. 이름은 '막내'다. (볼품없는 이름의 책임은 내게 있다. "막내 어때요?"라 무심코 제안했고, 황당한 가정 내 결정 메커니즘 덕에 그렇게 지어졌다) 막내로 말할 것 같으면, 평화의 아이콘이라 할 수 있다. 한창 부모와 자녀 간의 갈등이 심해질 즈음, 입양된 갓난아기는 온 가족의 사랑과 보살핌 속에 자랐고, 그 과정에서 우리는 서로를 이해할 수 있었다. 가정은 막내로 인해 회복되었다.

그런데 난감한 문제가 하나 있었으니, 바로 아내가 강아지를 극도로 무서워한다는 사실이었다. 장모님께서 어렸을 적에 개에게 물리신 후로 개를 피해 다니셨고, 이를 보고 자란 그녀 역시 공포감이 심했다. 아내와 풋풋한 썸을 타던 당시, 그녀의 관심을 끌기 위해 막내 사진을 보여준 적이 있다. 막내의 유아기 시절 미모는 실로 귀여움 덩어리였기에, 호감 있는 여성에게 어필할 수 있는 나만의 히든카드였다. (실제로 뭇 여성들에게 잘 먹혔다) 당시 그녀는 적당히 받아주기는 했지만, 평소와 달리 시큰둥하며 애써 외면하려는 낌새를 내비쳤다. 반전의 서막이었다. 그때는 미래의 아내가 이렇게까지나 강아지를 싫어할 줄 전혀 몰랐다.

녀석은 내게 반려견 이상의 존재다. 막막한 미래의 고민을 들어주는 친구이기도 하고, 산책을 함께 즐기던 벗이다. 너무 사랑스러운 나머지 막내의 볼을 깨무는 등 짓궂은 장난을 치기도 해서 내가 부를 때, 슬금슬금 구석으로 피하는 경향이 없지 않지만, 그래도 녀석 역시 나를 사랑한다고 믿는다. 부모님 댁에 가면 떨어질 듯 꼬리를 흔들며 온몸과 마음으로 반가움을 표현하는 순수한 아이다. 그런데 내가 사랑하는 여자가 강아지를 무서워한다니, 여간 골치 아픈 문제가 아닐 수 없었다.

여기에서 상황이 한 번 더 꼬여버렸다. 낯선 이가 집에 오면 꼴에 자기도 개라고 왈왈 짖던 녀석이, 이번에는 눈치도 없이 형수님을 짝사랑한 것이다. 예비 형수님이 처음 온 날, 막내는 마치 형의 결혼을 흔쾌히 동의한다는 듯 아내를 향해 좋다고 달려들었다. (수컷이라 미인을 알아봤던 것일까) 처음 본 그녀를 향해 꼬리를 살랑이며 안아달라는 제스처를 취하는 막내의 낯선 모습에 우리 가족 모두 멀거니 할 말을 잃었다. 녀석은 예비 형수님을 졸졸 좇아다니는데, 기겁하여 덜덜거리며 흠칫흠칫 내 뒤로 숨는 여자 친구의 모습이라니. 하… 순탄치 않을 미래가 있겠구나, 직감하는 순간이었다. 아내 역시 그때를 회상하며 본인의 흑역사로 겸허히 받아들인다. 처음 뵌 남자 친구 부모님 앞에서였다.

결혼 후, 아내에게 막내가 얼마나 특별하고 사랑스러운 아이인지 목이 쉬도록 설득했고, 손 꼭 붙잡고 개통령 강형욱 님의 프로그램까지 함께 시청했다. 시간이 지나 갑작스런 기적의 반전이라 할 만한 일이 일어났는데, 아내가 세뇌되어 버렸다. 막내를 만나도 더이상 초라하게 도망가지 않고 오히려 능숙하게 쓰다듬어주는 것이 아닌가. 감정회로의 극적인 대전환이 어찌 일어났는지 문과생인 나로서는 알 도리가 없지만, 세뇌 작업의 절정이던 어느 날 갑자기 대뜸 "음… 막내가 귀여워졌어. 다른 강아지는 싫은데 막내만 예쁘네"라고 무심하게 툭 던졌다. 세뇌의 무서움을 뼈저리게 실감했지만, 동시에 사랑하는 두 인격체의 만남이 시작될 거라는 사실에 감격이 몰려왔다.

사랑하는 막내를 온전히 받아준 (세뇌된) 아내에게 고마울 뿐이고, 첫눈에 형수님의 사람 됨됨이를 알아보고 반해버린 막내에게도 고맙다. 8살이 된 지금도 "앉아, 일어나"는커녕, "손"도 못 알아먹는 머리 나쁘고, 학습 의지조차 없는 게으른 녀석이지만 형의 반려자는 단번에 알아차리는 기막힌 센스를 가진 강아지다. 앞으로 있을 둘의 달콤한 교감에 괜히 혼자 콩닥콩닥 뛰는 마음을 부여잡는 것은 지나친 설레발일까?

인간은 변하기 힘든 동물이다. 특별히 두려움을 극복하기 위해서는 더 큰 노력을 수반해야 한다. 사랑하는 남편을 위해 기꺼이 자신을 내려놓은 아내의 용기와 실천력을 나는 감히 헤아릴 수 없다. 그래서 언젠가는 나 역시 그녀를 위해 무엇인가 포기해야 할지도 모른다. 상대를 위해 기꺼이 놓을 수 있는 마음. 이 역시 사랑의 넓은 스펙트럼 중 하나의 색채가 아닐까 하는 상념이 스친다.

막내야, 조만간 좋은 날에 형이랑 형수님이랑 산책 가자!

귀여움과 거시기 화법

나는 많은 사랑을 받으며 자랐다. 부모님, 친지로부터 과분한 보살 핌을 받으며 행복한 유년 시절을 보냈다. 그러나 귀엽다는 말을 들 어본 적은 없다. 아니 기억이 잘 나지 않는다. 사진첩에 곱게 끼워 진, 어릴 적 빛바랜 사진을 볼 때면 '음… 매우 사랑스럽고 귀엽구 면'이라는 생각이 들기도 한다. 그러나 안타깝게도 아득한 옛 모습 일 뿐. 그런데 연상의 아내는 나를 향해 '귀엽다'란 말을 자주 사용 한다. "어이쿠 귀여운 우리 남편~"이라며 대뜸 머리를 쓰다듬기도 하고, "남편! 어디서 이런 귀여움을 묻혀 오래? 혼날래?!"하며 내 볼을 꼬집기도 한다. 분명히 기억하건대 여자 친구였던 그녀는 이 렇게까지 적극적인 사람이 아니었다. 대체 뭐가 그녀를 이같이 드 센 인물로 바꿔 놓은 걸까. 내가 정녕 그리도 매력 넘치는 남자란 말인가.

'귀엽다'라는 반응을 듣는 것이 썩 내키지 않는다. 지금은 내성이 생겨서 무심한 척 '칫'하고, 넘어가긴 한다만 여전히 매우 어색하며 닭살이 돋는 것도 모자라 튀겨질 것만 같다. 아무래도 반감의 원인은 얄팍한 자존심이 아닐까 추정된다. 아내의 철없는 애정 표현을 접할 때마다 남자의 자존심이 살살살 갈려 나가는 느낌이 들어 불편한 것이다. 내게는 상남자에 대한 덧없는 로망과 강해야 한다는 일종의 강박도 있어 그녀가 순박하게 던지는 '귀엽다'라는 애정 표현을 그대로 받아들이기란 쉽지가 않다.

한 번은 아내에게 "도대체 왜 귀엽다는 거야?" 불만을 토로하듯 물어본 적이 있다. 그녀는 "그냥 귀여운 걸 어떡해"라며 울먹울먹하고, "너란 남자는 왜 그렇게 내 맘을 몰라주니?"(사전적 의미로) 귀엽게 반응하니 더는 캐물을 수가 없었다. '이게 진짜 귀여운 거지'라는 마음에 그녀를 포근하게 안아줬다. 인간의 미적 감각이란 도무지 종잡을 수 없는 신비한 관념이군, 하면서 어물쩍 넘어갈 수밖에. 뭐 아무렴 어떤가. 아직도 코흘리개 같은 나를 있는 그대로 사랑해주는 사람이 있다는 사실만으로 감사할 따름이지. 상념을 도려내고 '나는 귀엽다!'라고 뻔뻔하게 믿어버리는 게 스스로의 정신건강과 가정의 평화를 지키는 길이라는 무책임한 결론에 다다랐다.

아내의 '귀엽다'라는 표현은 일종의 '거시기 화법'이라 할 수 있다. 어느 작가의 말을 빌리자면 거시기 화법이란 '뜻이 두루뭉수리 불분명해서 아무 곳에나 넣어도 되는 단어를 이용하는 말하기 방식'이다. 아내는 '귀엽다'를 사전적 의미 그대로 '예쁘고 곱거나 또는 애교가 있어서 사랑스럽다'라고 한정하여 사용하지 않는다. 그냥 '네가 너무 좋아서 견딜 수가 없어!'라는 뜻으로 그녀가 원할 때 맥락 없이 (귀엽게) 사용한다.

그러고 보면 나도 '거시기 화법'을 애용하는 화자다. 하루에도 몇 번씩 누님 아내를 향해 '으이그!'를 연발한다. 활용법은 매우 다양한데, 고마움을 전할 때, 사랑스러울 때, 언짢은 마음을 돌려 말할 때, 장난칠 때 등 어떤 상황에서도 이용할 수 있다. 감정 표현의 만능열쇠라 할만하다. '으이그'라는 언어엔 그녀를 향한 사랑이 농축되어 있다.

한 남자와 한 여자가 만나 사랑을 하고 결혼을 한다는 것, 그리고 부부가 된다는 것은 서로에게 동화되는 과정이자, 각자의 인격이 갈리고 다듬어지는 뜨거운 담금질의 시간이다. 같은 공간과 시간을 공유할수록 공감대의 교집합이 넓어진다. 부부는 점점 닮아간다는 말은 어쩌면 이런 의미일수도. 그 과정이 스펀지가 물을 흡수하듯 자연스레 이루어진다면, 이야말로 건강한 부부의 한 단면일 것이다. (물론 쉽지만은 않다. 부부 생활은 또한 전투의 연속이기도 하니) '거시기 화법' 역시 이 지향점의 수많은 길 중 하나라 믿어본다

뜨겁게 사랑하고 있으나 도저히 상대를 이해할 수 없는 연인, 혹은 사랑보다는 끈끈한 정情이 우선이 되어버린 부부가 있다면, 본인들만의 '거시기 애정 표현'을 정해보는 것도 괜찮을지 모르겠다. 낯간지러워 몸이 배배 꼬여도, 눈 딱 감고 상대방의 그 표현을 그냥 받아들여보는 것은 어떨지. 둘만 아는 '거시기 표현'이 있다면 부부간의 어떤 일도 훌훌 털어낼 수 있다. 그 말에는, 그 언어에는, 그리고 그 마음에는 당신을 향한 상대방의 애정과 진심, 그리고 사랑이 담겨 있다는 사실을, 세상 그 누구보다 그대가 가장 잘 알고 있기 때문이다.

그래서 다시 한번 말하지만, 염치없게도 이 글의 결론은 나는 정말 귀엽다(라고 스스로 믿는다)는 것이다.

나는 채무자입니다

요즘 들어 느끼는 게 있는데, 세상에 당연히 이뤄지는 일은 없다는 점이다. 사회가 이렇게나마 돌아가는 것에도, 추레하나마 내가 살아가는 것에도 나름의 배경과 원인이 있다. 엄밀하게 인과관계라고 딱 잘라 말하기는 어렵지만, 우리가 겪고 있는 모든 일에는 대략적인 이유가 있다.

20대 시절, 당시 31살의 한 형님을 만났다. 그는 이런 말을 했다. 본인은 자신의 인생을 크게 세 시기로 나누고 있다고. 30세까지는 전반기, 60세까지는 중반기, 90세까지는 후반기. 마지막 30년은 생을 정리하는 노년기로 논하지 않을 거라 하고는 말을 이어나갔다. 전반기는 이웃과 사회에 무한한 감사의 빚을 졌던 시기라면, 30세부터 시작하는 중반기에는 그 빚을 차차 갚아나가며 살고 싶다고 했다. 인상 깊은 말이었다. 지금까지 빚을 지면서 산다고 생각하지 못했기 때문이다. 누군가에게 고마울지언정 그 이상의 의미는 없었다. 그런데 감사를 넘어 이웃과 사회에 큰 빚을 지고 있다니. 이제부터는 지난날의 빚을 갚고자 한다는 그의 차분한 말과 담담한 표정에서 진정성을 읽었다. '빚을 졌다'는 의미를 온전히 이해할 순 없었지만.

결혼을 하고, 가정을 꾸리고, 아내와 합을 맞춰 살아가며 '빚진 자'의 의미를 어렴풋이 알아간다. 부모님의 사랑과 헌신, 이웃의 배려와 이해, 누군가의 의도치 않은 선행 등이 일종의 빚으로 다가온다. 수많은 사람과 교류하고, 다양한 사건들을 겪은 결과로 지금의 내가 빚어졌다. 중첩되고 얽혀드는 실타래 같은 경험들이었다. 아내에게도 이 같은 촘촘한 인생의 스펙트럼과 과정이 있었을 것이다. 각자의 무수한 업이 쌓이고 짜여 한 남자와 한 여자가 서로를 만났고, 현재 부부의 연으로 살고 있다. 우리가 누리는 일상적인 생활은 어느 날 갑자기 하늘에서 떨어지는 선물처럼 뚝딱 일궈지는 것이 아니었다.

지금껏 선한 영향을 주었던 분들을 떠올려본다. 가족과 선생님, 친구 혹은 책의 저자일 수도 있다. 덕분에 나는 바람직한 방향으로 교정되었다. 부정적 영향을 끼친 이와 시련도 생각난다. 아픈 기억도, 수치스러운 일도, 상처도 많았다. 반면교사로 교훈을 얻기도, 삐뚤어진 자의식 형성되기도 했을 것이다. 그러면 그런대로, 어쨌든 지금의 내가 만들어졌다. 좋든 싫든, 많은 빚을 진 인간임은 분명하다.

먹고 사는 일만 해도 만만치 않은데, 빚진 사람이라는 부채의식까지 받아들이기에는 거북했는지 모른다. 그래서 어쩌면 모든 걸 외면하고 회피했을지도. 이제라도 부채가 많은 사람이라는 것을 자각하니, 부끄러우면서도 한편으론 안심되기도 한다. 그나마 가식을 내려놓은 모양새로 '나는 채무자입니다'라고 솔직하게 내뱉을 수 있는 이유는 모난 나를 둥글게 다듬는 아내가 있기 때문이다.

솔직할 수 있는 한 사람이 있다는 것은 얼마나 큰 위안인가. 거짓과 위선의 삶을 살아가는 내가 겸손한 마음으로 빚진 사람이라는 것을 받아들일 수 있어 감사하다. 일상에 갇혀 무의미하게 흘려보냈을 소중한 가치들이 아내와의 관계를 통해 새롭게 인식된다. 그런 의미에서 내 삶의 가장 큰 채권자는 아내일지도 모른다. 멀쩡한 회사를 그만두고, 한량같이 글이나 쓰고, 놀면서 남편 구실 못하는 나를 붙들고 있는 한 사람이다.

그래서 더 충실하고, 더 절제하고, 더 감사하며 살아야 할 필요성을 느낀다. 사회적 동물이라는 인간은 베풀 때 비로소 행복하다는 말이 있다. 모든 사람에게 적용되는 진리인지는 모르겠으나, 적어도 부채가 있다고 느끼는 이들에게는 그럴 듯한 명제다. 빚진 사람으로서 가진 것을 나눠야 한다는 책무를 가르치기 때문이다. 거창하게 모든 빚을 일시불로 갚겠다는 건 지나친 욕심일 테니, 가까운 주위 사람들에게나마 지난날의 빚을 갚을 수 있으면 좋겠다. 작지만 선한 행동이든, 오랜만의 안부 연락이든, 소박한 감사의 말이든 지금의 조건에서 할 수 있는 일을 할부로라도 갚고자 한다. 당장 오늘, 고마운 아내와 함께할 정성스러운 상차림부터.

잔머리를 굴리며 그럴듯한 말을 꾸며내도 시간이 갈수록 빚이 줄기는커녕 점점 쌓여갈 거란 불안에 마음이 무겁다. 참으로 애석한 일이나 어쩔 수 없는 자연의 순리라 생각한다. 보잘것없는 지난 삶을 되돌아보며, 빚을 갚는 심정으로 살겠다는 결심을 해본다.

그리고 이것이 비단 나만의 결심이 아니길 하는 소망을 이 글에 담아본다.

Peace and Hope.

결혼식 준비와 결혼 준비

마치 게임 캐릭터가 된 것만 같을 때가 있다. 무슨 뚱딴지 같은 소리냐 묻는다면 나의 대답은 이렇다. 깨야 할 버거운 미션들이 산더미같이 쌓여있는 고단한 느낌. 고된 퀘스트를 깨는 중인데, 점점 더 감당하기 어려운 보스(즉 난관)들이 나타날 거라는 불길하지만 확실한 예감이라고.

어처구니없게도 나는 이런 감정을 결혼 준비에 돌입하면서 알게 됐다.

- - -

지금껏 '결혼 준비가 세상에서 제일 쉬웠어요!'라는 사람을 보지 못했다. 떠도는 흉흉한 소문과 글, 지인의 사연 등을 곰곰이 떠올려봐도 만만한 결혼 준비를 했다는 얘기는 들은 바 없다. 이렇게 밑밥을 깔았으니, 이제는 당당히 고백한다. 나 역시 결혼 준비가 꽤 힘들었다.

결혼 준비는 미션의 연속이다. 비단 우리만의 특별한 이야기는 아닐 것이다. 한 주 동안 육체와 정신, 영혼마저 회사에 바쳤으니, 꿀 같은 주말은 좀 쉬면서 아늑하게 지내야 하건만 결혼 준비를 하면서는 그럴 수 없다. 매주 극복해야만 할 임무가 있었으니까.

스드메* 부터, 예식장, 신혼여행, 예물, 주례 선생님 섭외, 축가, 청첩장 디자인, 프러포즈, 가내 수공업으로 진행된 청첩장 봉투 봉합 작업, 청첩장 전달 등 결혼식을 위해 해야 할 일들이 지독하게 많다. 더군다나 우리 커플은 서울-부산 커플이었기에 주말만이 결혼 준비를 할 수 있는 유일한 시간이었다. 함께 힘을 모아 차근차근 퀘스트를 깨나가며 전진해야만 했던 우리는 게임 속 캐릭터와 별반 다르지 않았다. (게임 속 영혼의 파트너인 소닉과 테일, 혹은 마리오와 루이지처럼)

---

* 유식한 체를 해서 죄송하지만, 결혼 사진 전문 스튜디오와 웨딩 드레스, 결혼식용 메이크업을 의미한다. 몰랐던 남성들도 좀 있으리라. 물론 나도 그랬다.

되돌아보건대 정말중요한 것은

'결혼식준비'가 아니라 '결혼준비'였음을 깨닫는다

그 과정에서 사소한 다툼이 있기도 했다. 다분히 평화로운 커플이었건만, 다른 세계에서 살던 두 사람이 하나가 되기 위해 고군분투하던 상황이니, 어쩔 수 없는 갈등이 있을 수밖에. (가장 힘들었던 점은 예물과 혼수를 선택하기 위해 매주 백화점을 가는 일이었다. 결정에 심히 신중한 아내 덕분예요)

때로는 지구라는 행성의 결혼 문화를 향해 이렇게 외치기도 했다. '결혼의 본질은 두 사람의 사랑이거늘, 어찌하여 전통과 관습, 예의란 미명 아래 가장 행복해야 할 연인이 이다지도 고생해야 하는 것인가' (사실은 혼잣말) 이런 마음이 스치기도 해서 결혼 준비가 스트레스로 다가온 것도 사실이다.

- - -

결국 많은 하객의 축복 속에 결혼식을 무사히 마쳤다. 결혼식이란 흥미진진한 게임을 훌륭하게 '클리어'한 것이다. 그리고 지난 시간을 되돌아보건대 정말 중요한 것은 '결혼식 준비'가 아니라 '결혼 준비'였음을 깨닫는다.

최근 들어 친구들로부터 결혼 준비에 대한 질문을 많이 받는다. 그들도 나처럼 막막할 것을 알기에 성심성의껏 답변해주려 노력한다. 그리고 마지막에는 주제 넘게도 다소 허황된 조언을 덧붙인다.

지금이 결혼식이란 행사를 준비하는 기간이지만, 결혼 자체에 대해서도 진지하게 고민하는 시간이 되면 좋겠다. 가정이란 무엇인지, 바람직한 부부 상은 어떤 모습인지, 앞으로 닥칠 인생의 난관을 둘이서 어떻게 헤쳐나가야 할지, 그리고 너희에게 결혼이란 어떤 의미인지를 숙고하길 바란다고.

'결혼식 준비'와 '결혼 준비'는 언뜻 보면 동의어처럼 보인다. 그러나 같은 의미가 아니다. 연인이 부부됨을 선포하는 행사를 위한 계획과 실행이 결혼식 준비라면, 둘이서 함께힐 미래를 그려보는 것이 결혼 준비일 것이다. 지금까지는 각자의 인생에서 100점을 맞기 위해 살았다면, 앞으로는 둘이 합쳐 100점을 맞기 위해 노력하는 것. 그것이 결혼의 본질이라면, 이를 위한 차분하고도 치열한 준비의 시간이 필요하지 않을까?

이런 글을 읽은 적이 있다.

결혼이란 색이 다른 색종이를 접착제로 붙이는 것이다. 한 장일 때보다 두껍고 튼튼하며, 더 아름답다. 그런데 한 번 붙인 이상 이 색종이를 떼는 일은 불가능하다. 억지로 뗀다 한들 이전의 고운 색종이는 아니다. 여기저기 찢기고, 구겨진 종이 쪼가리만 남을 뿐. 한번 연합한 것을 떼는 것 – 즉 이혼의 결과는 이처럼 아프고 깊은 상처를 남긴다.

- - -

꿈꿔왔던 결혼식을 위해 고군분투하고 있는, 혹은 결혼을 하고자 하는 여러분을 진심으로 응원합니다. 지금 이 고된 시기가 일회성 행사를 위한 준비뿐만 아니라, 평생의 배우자와 함께할 미래를 꿈꾸며, 같은 곳을 바라보며 살아갈 인생의 밑그림을 그릴 수 있는 시간이 되길 기도합니다.

그럼, 재미있고 행복한 게임이 되시길.

그나저나 저는 아직 백화점이라는 말만 들어도 소스라치게 놀라면서 식은땀이 납니다. 언젠가는 백화점을 용서할 날이 오겠죠?

이런 사람

편견은 내가 다른 사람을 사랑하지 못하게 하고,
오만은 다른 사람이 나를 사랑할 수 없게 만든다.
Prejudice disables me from falling in love with others,
and pride shuns others away from me.
_제인 오스틴Jane Austen 소설, 『오만과 편견』 중에서

사람을 괴롭히는 건 언제나 그를 둘러싼 사람이다. 한동안 주부 생활을 하며 단절된 채로 살다가 다시 공부를 시작하러 세상에 나오니, 역시나 인간관계란 꽤나 번거로웠다. 그런데 이는 비단 나만의 문제는 아닌 것 같다. 아내 역시 직장 동료 때문에 적잖이 스트레스를 받고 있는 모양이니까. 어디에나 맞지 않는 사람은 있기 마련이겠지.

--- --- ---

로맨틱 코미디 문학의 효시라 할 수 있는 영국 소설 『오만과 편견』의 주인공 엘리자베스에게는 인간 유형을 정의하고 주변 사람을 평가하는 독특한 (변태적) 취미가 있다. 여성으로서 부조리한 가부장 사회를 은밀히 조롱하는 그녀만의 방식이기도 했다. 재치있고, 유쾌하며, 통찰력 넘치는 그녀에게는 최고의 취미라 할 수 있다.

문학을 즐기는 독자가 작품 속 인물을 모방하는 행위는 그다지 별난 일이 아닐 뿐더러 괴팍한 행동은 더더욱 아닐 것이다.

--- --- ---

이런 사람이 좋다.

첫인상은 안 좋아도 만날수록 인격이 우러나는 사람.
말주변은 없으나 차곡차곡 쌓인 내면이 느껴지는 사람.
평소에는 소심하게 보이나 큰일에는 정의를 분명히 말하는 사람.
선택의 기로에서 짧고 치열하게 고민하고, 소신 있게 결정하는 사람.
세상의 아름다움을 알지만, 어두운 현실도 있는 그대로 인식하는 사람.

삶은 고난이라는 진리를 받아들이고, 자기 자신과 치열하게 싸우는 사람.

시시콜콜한 말이라도 대화의 시간이 재미있는 사람.

가끔 실없어 보일 때도 있지만, 함께 있으면 편안한 사람.

가벼운 이미지를 흔쾌히 견뎌내고, 웃음과 유머에 능숙한 사람.

공감이 필요할 때 감성을, 논리가 필요할 때 이성을 말하는 사람.

매사에 진지해 때론 재미없고 답답해도, 삶에 거짓이 묻지 않은 사람.

타인의 시선을 깊게 관찰하나, 내면의 목소리를 더 중하게 여기는 사람.

거창한 대의를 논하지는 않지만, 정도正道를 아는 사람.

사회적 합의를 위해 한발 물러서서 양보할 줄 아는 사람.

남의 실수에는 관대하나, 자신의 잘못은 깊이 반성하는 사람.

언제나 꾸밈없이 겸손하되 내면의 본질적인 자존감은 강한 사람.

필요한 시기에 자신의 경험과 믿음을 확실하게 말할 줄 아는 사람.

관계를 귀하게 여기면서도 마땅히 해야 할 쓴소리를 해줄 수 있는 사람.

평소엔 틱틱거리나 마음은 곱고 뜨끈한 사람.

손해를 감수하더라도 남을 배려할 줄 아는 사람.

문학을 사랑하고 예술을 즐기는 마음의 여유가 있는 사람.

세상을 보는 자신만의 관점을 만들고자 노력하는 사람.

경험과 깨달음으로 그 관점을 기꺼이 바꿀 줄도 아는 사람.

공로를 떠벌리지 않고, 묵묵히 자리에서 야무지고 성실히 일하는 사람.

그리고 세상 누구보다 자기 자신을 사랑할 줄 아는, 그런 사람.

- - -

이런 사람은 싫다.

첫인상은 좋으나 만날수록 바닥이 보이는 사람.

거침없이 청산유수로 말하지만, 깊은 내실은 없는 사람.

세상 고민은 다 하지만, 실천하고자 하는 의지는 없는 사람.

항상 정의를 논하나 큰일에는 언제나 변명거리가 있는 사람.

세상은 아름답기만 하다 믿으며, 본인도 순수하고 고매하다 믿는 사람.

삶은 고난이라는 진리를 외면하고, 사회의 거대 담론만을 이야기하는 사람.

똑똑하나 저질스런 언어를 스스럼없이 내뱉는 사람.
스스로를 고결하다 믿는 만큼 타인을 정죄하려는 사람.
타인은 깎아내리나 본인만은 망가져서는 안 된다 믿는 사람.
공감이 필요할 때 논리를, 이성이 필요할 때 감성을 전하는 사람.
호쾌·유쾌하여 인간적 매력은 넘치나 삶 자체가 거짓으로 점철된 사람.
남의 시선을 지나치게 의식하며, 주관 없이 타인의 기준에 맞춰 사는 사람.

거짓 대의를 팔아, 사익을 추구하는 사람.
타인의 행위에는 엄격하되, 신념은 유연한 사람.
이성적이며 논리적으로 반박하나, 대안은 항상 없는 사람.
입으로는 자존심을 말하나, 자존감 낮은 행동에 익숙한 사람.
평화를 사랑하는 나머지, 마땅히 해야 할 쓴소리마저 아끼는 사람.
진지하게 사유하지 않고도, 그저 말하는 행위 자체에 집착하는 사람.

평소엔 젠틀하나 수틀리면 뒤통수치는 사람.

목적의식 없이 눈앞의 닥친 일만을 열중하는 사람.

동료는 관심 밖, 본인 이익만은 포기할 수 없는 사람.

치열하게 사고한 결과로서의 자기 관점이 없는 사람.

거창하게 말하나 정작해야 할 일은 제대로 하지 않는 사람.

세태가 변하면 당연한 양, 세상 관점을 맹목적으로 따르는 사람.

그리고 아득히 넓은 우주에서 오직 자기 자신만을 사랑하는, 그런 사람.

– – –

남성 중심적인 사회를 경쾌하게, 그리고 은연중에 비판했던 엘리 자베스는 결국 돈 많고, 잘생긴 귀족 남성과 사랑에 빠져 결혼까지 한다. 작품 초반의 사회 풍자와 비판적 시각은 대체 어디로 갔는 지, 후반부는 순정만화 같은 달달한 로맨스가 되어버린다. 마침내 그녀는 본인의 (변태적이고) 독특한 취미가 그릇된 편견에 기인했 다는 걸 깨우치고 이를 뉘우친다. 오만한 줄로 알았던 귀족 남성은 실은 따뜻한 마음마저 지닌 멋진 사람이었음을 깨닫고, 그에게 온 전히 마음을 연 것이다.

나 역시 사람을 판단하는 짓거리는 이제 그만 두고, 내가 존경하는 사람처럼 되고자, 또한 내가 꺼리는 사람처럼 되지 않고자 인격을 닦을 수밖에. 역시나 인간관계란 쉽지 않다만, 자신을 사랑하고 주변의 사람을 아끼며 성숙하기를.

글을 쓰다 보니 내 감정은 좀 풀렸는데, 누님 아내는 화가 좀 가라앉으셨는지요?

예비 부모로서의 단상
_강아지와의 아침 산책길에서

〈아내와 강아지〉라는 제목의 글을 쓴 후, 우리 집 강아지 막내를 향한 그리움이 더욱더 짙어졌다. 본가에 가면 역시나 녀석이 제일 격하게 반긴다. 나보다 아내를 더 반가워해서 조금은 질투나긴 한다만.

오늘 아침, 오랜만에 아내와 막내와 길을 나섰다. 서울에 오면 별일이 없는 한 아침에 산책을 즐기려 한다. 오전에 집에 틀어박혀 비몽사몽 아까운 시간을 보내느니, 맑은 공기를 들이쉬며 걷자는 생각에 집을 나선다. (본가는 백련산 중턱에 있어 강아지와 산책을 하기엔 최적의 동네다. 다만 집값이 도통 오르지 않는다)

산책을 할 때면 무책임하게도 길 안내는 전적으로 우리 막내에게 맡긴다. 네 놈이 가고 싶은 데로 가라! 그리고 최대한 보조를 맞추

네 녀석이 가고픈 대로 가라!

강아지와 산책하다보면,
부모로서 육아에 대한 철학을 간접적으로 경험하는듯할 때가 있다.

려 노력한다. 녀석은 엉덩이를 씰룩거리고, 주변을 관찰하며, 이곳저곳 냄새를 맡기도 하고, 마침내 영역 표시도 한다. 쉬아와 응아.

그러나 때때로 보호자인 내가 개입할 수밖에 없는 상황이 벌어지는데, 녀석이 느닷없이 찻길로 뛰어들려고 하거나, 갑자기 마음이 변했는지 그 자리에 주저앉는 경우가 종종 있기 때문이다. 그럴 때면 녀석을 번쩍 들어 10.21m 정도 이동한 뒤, 살포시 가야 할 길 위에 내려놓는다. 아이는 잠시 토라진 듯 어리둥절, 짜증을 부리지만 이내 평정심을 되찾고 뒤뚱뒤뚱 새초롬하게 다시 앞서 걷는다.

강아지와 산책을 하다 보면, 부모로서 육아에 대한 철학을 간접적으로 경험하는 듯한 느낌이 들 때가 있다.

– – –

당연하게도 부모에게는 부모의 삶이 있고, 자녀에게는 자녀 나름의 삶이 있다. 사랑의 결실로 태어난 아이라 하더라도 그들에게는 자신만이 온전히 살아야 할 인생이 있다. 부모가 그의 삶에 어느 정도 지분이 있을지언정, 삶을 지배할 권리는 없다. 공공선과 질서, 타인에 대한 배려, 규칙에 대한 존중 등 사회 구성원으로서의 기본 소양은 어릴 적부터 알려줘야 할 테지만 그 이외의 영역은 자녀의 주체적 결정을 믿어야 한다.

그러나 분명 그들의 삶에 개입해야 할 시점이 있다. 자녀가 엇나갈 때, 공공선의 가치를 저버릴 때, 타인에게 직접적인 피해를 줄 때, 합의된 규칙을 무시할 때. 이 지점에서 부모는 자녀의 삶에 더 무거운 의무를 진다. 마치 막내가 찻길로 뛰어들거나 포기하고 주저 앉으면 번쩍 들어 바른길로 옮겨 놓은 것과 같이, 잠시 자녀를 번쩍 들어서 방향을 틀어줘야 한다.

그럴 때 막내는 당황하고 짜증을 부린다. 자녀 역시 비슷한 감정을 느끼지 않을까. 가끔은 그들이 무작정 찻길로 달려갈 수도, 자리에 무력하게 주저앉을 수도 있다. 부모의 손길과 도움이 필요한 시점이다. 자녀 입장에서 본인의 의사가 침해받는 상황을 받아들이기 힘들 수도 있다. 그러나 어쩌겠는가. 뻔히 보이는 찻길로 뛰쳐 가는 자녀를 그대로 보고만 있는 부모는 아마 없을 테지.

막내는 아무 일 없었다는 듯, 이윽고 다시 걷기 시작한다. 역시 엉덩이를 씰룩이며, 주변을 관찰하고, 냄새를 맡으며, 영역 표시를 한다. 쉬아와 응아2. 그렇게 다시 무릎에 힘을 줘 아장아장 걸으며 제 갈 길을 간다. 녀석에겐 여전히 앞으로 나아갈 힘과 의지가 남아있다.

설레발일지 모르겠으나, 아이를 계획하고자 하니 자녀 양육에 대한 생각이 많아지는 요즘이다. 가끔은 과연 내가 부모로서, 아빠로서 자격이 있는 사람인가 하는 물음을 끊임없이 되뇌며 짓눌릴 때가 있다. 여전히 미숙한 인간인 내가 아빠가 되기에는 한참이나 부족해 보인다. 혹여나 자녀의 인생이 나로 인해 망가지면 어쩌지 하는 걱정이 사그라지지 않는다.

그러나 부모는 자녀의 삶을 통째로 책임질 필요는 없다. 자녀는 자신의 길을 갈 의지와 힘이 있으며, 본인만이 가꿔가야 할 삶을 살 권리를 가진 존재다. 부모로서 자녀의 길을 터주며, 바른길을 안내하고, 더러는 잘못된 길로 돌아간다면 옳은 방향을 알려줘야 한다. 그러나 이는 최소한의 개입이 되어야 할 것이다. 나머지는 그들이 스스로 짊어져야 할 생의 몫이다.

자녀가 이 사회에서 독립된 인격체로서 홀로 서고, 스스로 인생을 헤쳐나가도록 뒤에서 묵묵히 지지하는 것, 그것이 진정으로 부모가 해야 할 일이 아닐까. 앞서가는 막내를 흐뭇하게 바라보듯, 뒷짐 지고 자녀의 발걸음을 응원하고자 한다. 그저 때때로, 그들을 번쩍 들어 방향을 잡아주면 된다. 그뿐이다.

너무 염려하지 말자.

- - -

오늘은 새로운 산책로를 발견했다. 언제부터인가 아무런 감정 없이 지나치던 우리 아파트 놀이터다. 눈을 씻고 찾아봐도 애완동물 출입금지 표시는 찾을 수 없었다. 주말 아침의 텅 빈 놀이터에 들어가니 경비 아저씨께서 힐끔 쳐다보셨지만 아무 말씀 없으시다. 어린 시절의 추억이 담긴 장소에서 오랜만에 막내와 행복한 시간을 보냈다.

새로운 경험을 한 막내도 한껏 개방정을 떠니, 그 모습이 사뭇 즐거워 보인다.

- - -

자녀 교육에서 말보다는 부모의 행동이 중요하리라 생각한다. 말로 아무리 타이르고 혼내도, 결국 아이는 부모의 행동을 있는 그대로 보고 배운다. 나와 내 아내가 먼저 바로 서야지.

본문의 10.21m 가 어떤 의미인지 궁금해 하시는 분이 계실 수 있는데, 별 뜻은 없습니다. 다만, 저희 부부의 결혼기념일이 10월 21일이라 이스터에 그처럼 넣어봤어요.

결혼의 조건

한 친구가 몇 년간 만나오던 연인과 헤어졌다고 한다. 연애 전선에 문제가 있을 때 종종 전화해오던 녀석이었다. 더러는 귀찮기도 했지만, 잠을 줄여서라도 나름 성실하게 답변하고자 노력했다. 그런데 결국에는 헤어졌다니 마음이 편치 않다. 무엇보다 마음에 걸리는 것은 녀석이 아직 그녀를 잊지 못했단 점이다.

최근 연애나 결혼에 대한 사뭇 진지한 질문을 받곤 한다. 아무래도 이른 나이에 결혼에 골인해서 그런지, 괴상망측한 신뢰가 생겼나보다. '연애 못난이'로 취급받던 시절이 있었는데, 불과 몇 년 사이에 놀랍도록 지위가 향상됐다.

30대가 되니, 몇몇 친구는 연애와 결혼 사이에서 고민하고 불안해한다. '결혼은 할 수 있을까. 또 해야만 할까' 마음이 향하는 대로 순수하게 이성을 만날 시기는 지났다고들 생각하는 모양이다. 결혼을 진지하게 고려할 때가 온 것이다.

심정은 이해가 간다만 이와 별개로, 질문을 받거나 상담을 하는 건 언제나 큰 부담이다. 일단 나는 상담에 적합한 인물이 아닌 것 같다. 먼저 고민을 온전히 들어야 하는데 당장 여기서부터가 문제다. 그건 내가 남의 말을 전혀 안 듣는 꽉 막힌 놈이라 그렇다기보다, 대부분 늦은 밤에 잔뜩 취한 목소리로 전화가 오기 때문이다. 꼬부라진 혀로 하소연을 해대니 도무지 알아듣기 힘들다. 또한 질문이 그리 단순하지 않다.

가령 '얘를 사랑하는데, 아픔을 견딜 자신이 없어. 어떻게 하지?' 낸들 아냐! 라고 단호하게 일침을 가하고 싶지만, 소심하고 여린 나는 조금 과장하자면, 화장실에서 일을 보면서도 그 문제에 관해 고심한다. (변비 걸리겠어요) 허나 결국에는 시답지 않은 조언을 하게 되니 매우 무안할 뿐이다. 그중 제일 어려운 질문은 '결혼을 결심한 이유가 뭐야?'라는 물음이다.

그럴 때마다, 상황을 모면하고자 얼렁뚱땅 답을 해왔다. 그래서 이 기회에 반성하는 마음으로 질문의 대답을 정리하려 한다. 나는 본래 합리적이고 계획적인 도시 남자라 자부하기에 (후훗) 일찍부터 미래의 배우자에 대한 몇 가지 조건을 생각해두곤 했다. 첫째, 가정이 화목할 것. 둘째, 밝고 유쾌한 사람일 것. 셋째, 새로운 세상에 마음이 열려 있을 것. 외모를 첫 번째로 넣지 않았다는 점에 의심의 눈초리를 보내며 반발하는 이가 있을 수 있다. 변명하자면 기본 전제라서 그렇다. 적어도 내게는 예뻐 보여야 만남은 시작되니까. (외모지상주의자가 아니냐 손가락질할 수도 있지만, 내 눈은 그리 높지 않다는 점을 알아주셨으면 한다)

다시 위의 난해한 물음으로 돌아가 보자면, 대답은 이렇다.

"나는 조건에 맞는 여자와 결혼을 결심했다."

이는 사실임에도 썩 만족할 만한 답변은 아니다. 왜냐면 저 허술한 조건에 딱 맞는 여자가 비단 아내만 있는 건 아니기 때문이다. 성실한 대답을 위해 어쩔 수 없이 다시 머리를 쥐어짜고 있는데, '사랑'이라는 추상적인 단어를 끄집어와야 할 판이다. 체면을 중시하는 이성적인 도시 남자인 나는 이런 모호하고도 남사스러운 단어를 사용하는 것이 (이제 와서) 굉장히 부끄럽지만, 딱히 방법이 없어 보인다. 그래서 말하자면, 조건에 맞으면서도 진심으로 사랑하는 한 여자를 만났기에 젊은 나이에 결혼을 결심하게 되었다. (부끄부끄)

누군가 다시 이 질문을 한다면, 덧붙이고 싶은 말이 있긴 하다. 3년 이상 부부 생활을 하며 느낀 점이 있어서이다. 그건 앞으로 평생 살면서 어떠한 경우에도 '반려자의 편'이 될 마음가짐이 있는지, 상대방 역시 영원히 '당신의 편'이 될 각오가 있는지 하는 조건이다. 살다 보면 세상 모든 사람이 손가락질하고 외면하는 것 같은 순간이 있다. 존재의 위태로움을 겪는 그 시기에도 누군가의 편이 되어줄 결심이 섰다면 결혼을 고려해봄 직하다.

한 사람과 다른 한 사람이 만나 평생을 약속한다는 것이 여전히 합리적인 결정일 수 있을까? 결혼을 위한 무수한 고뇌들에 혼란스럽다. 성격, 수입, 대출, 집, 출산, 육아, 양가 부모님과의 관계 등, 시간이 갈수록 나아지기는커녕 더 복잡해지는 것만 같다. 이미 결혼이 손쉬운 포기의 선택지가 되어버린 시대에 평생의 반려자를 꿈꾸는 사람이 있다면 낭만주의자라 비웃음을 살지도 모르겠다. 결혼이 반드시 해야 할 의무는 아니기에, 내 몸 하나도 건사하기 힘든 세상에서 그 누구도 이를 강요할 수 없다. 다만 세상 끝까지 내편이 되어줄 반쪽을 만난다는 것. 그 이유만으로도 결혼은 그럭저럭 괜찮은 답지다.

부부로서의 삶은 고됨의 연속이다. 그럼에도 솔직히 안심이 되기도 한다. 옆에서 세상 모르게 잠들어 있는 아내를 보면 손끝까지 채워지는 충만함을 느끼곤 한다. 더러 팍팍한 현실에 숨이 막힐 때, 적어도 한 사람은 내 옆에 있다는 안도감이야말로 나를 지탱해주는 힘이다. 시시각각 흔들리는 위태로운 나를 포기하지 않을 한 사람이 있다는 사실은 꽤나 든든한 일이다.

모쪼록 건투를 빈다, 친구야.

여행의 편견

기차는 사람을 관찰할 수 있는 흥미로운 전시관이다.

서울에서 회사 생활을 했던 신혼 초까지만 해도, 부산에서 직장을 다니던 아내를 만나기 위해 오르는 기차 위의 시간이 마냥 좋았다. 여행을 떠나는 기분이었다. 부산은 낯선 장소였으니, 그럴 만도 했다. 그 후 나는 직장을 관두고 부산에 머물렀고 이 도시는 제법 친근해졌다. 학업을 이어가기 위해 서울을 찾게 되면서 나는 다시 서울-부산 KTX를 자주 이용하고 있다. 하지만 시간이 지나면서 기차 타는 일은 고역이 되었다. 경제적으로도 부담되고, 승차 자체가 피곤하고 번거로운 일이 되었다.

그런데 최근 다시 철길 위의 시간이 설레고, 기차에 오르는 발걸음이 가벼워졌다. 기차 안에서 눈에 안 들어오던 것들이 보이기 시작하면서 어떤 대상을 관찰하는 습관이 생긴 것이다.

- - -

부산역 하차를 준비하고 있을 때였다. 한 사람이 눈에 띄었는데, 그녀는 덩치에 비해 꽤 큰 배낭을 멘 여행자였다. 긴 생머리를 휘날리던 그녀는 검은 민소매 티셔츠와 정갈한 트레이닝복 차림이었다. 멋져 보였다. 홀로 떠나는 여행은 큰 용기를 필요로 하기에 나로서는 그 모습 자체로 아름답게 느껴졌다. 그런데 곧 이유 모를 어색함과 괴리감이 느껴졌다. '이 생소한 감정은 뭐지.' 몇 번이나 그녀를 돌아봤지만, 의문은 풀리지 않았다.

8월의 부산역에는 언제나 많은 인파가 몰린다. 폭염 속에서 사람들은 형형색색 부채와 휴대용 선풍기를 손에 쥐고 바쁘게 움직이고, 더러는 더워서 불쾌한 듯 인상을 쓰기도 한다. 응!? 인상을 쓴다? 그 여행자도 분명 비슷한 표정이었다. 하지만 그녀는 여행자가 아닌가. 자유롭게 여행을 즐기는 이의 표정치곤 지나치게 굳어 있어 묘한 괴리감을 느꼈던 것이다.

여행은 낯선 세상을 향한 발걸음이자, 비非일상성을 마주하는 여정이다. 상상만으로도 설레고, 처음 대면한 놀라운 광경에 감동하며, 일상에 찌든 때를 벗기는 영혼의 목욕이다. 여행지에서 느낀 짜증과 화는 금방 증발되니, 여행은 언제나 행복한 순간이다.

…라는 주관적 경험과 생각에 사로잡힌 나는, 편협한 인간으로 침전되고 있었다.

돌이켜보면 우리 부부도 여행지에서 얼굴을 붉혔던 적이 있다. 나의 퇴사 기념으로 떠난 일본의 온천마을 유후인에서였다. 짙은 어둠이 깔린 밤, 렌터카로 가까운 편의점에 다녀오는 길이었다. 운전대 방향이 반대인 일본 차를 운전하며 차선이 계속 헷갈렸고, 길도 잘 몰라 가까운 거리임에도 한참을 헤맸다. 짜증이 일었다. 그리고 나는 스스로의 화를 참지 못하고 아내에게 큰소리를 치고 말았다. 옆에서 길을 잘 봐줘야지, 대체 뭐 하는 거냐고. 차 안에서 서로를 향한 날카로운 말이 오갔다. 그날의 여정은 남편의 모난 말 한마디로 인해 처참히 망가졌고, 서로의 마음에 깊은 상처를 남겼다. 평화롭고 고즈넉한 료칸의 밤은 우리에겐 건조하고 스산하기만 했다.

부산역에서 마주쳤던 여행자에게 느꼈던 묘한 괴리감은 그릇된 편견의 결과였다. 나 역시 여행 중에 아내와 다투며 잔뜩 찡그린 경험이 있음에도, 여행은 무조건 즐거워야 한다는 사고에 갇혀 있었다. 아름다운 자연을 만끽하고, 역사의 유구함에 감탄하며, 낯선 사람과 대화하고, 길거리의 싸구려 커피마저 마냥 만족스럽다…는 건 나만의 단편적이고 조악한 사고였다.

그분께 죄송한 마음이 든다. '모름지기 여행자라면 즐거운 마음으로 밝은 표정을 지어야지, 쯧쯧' 하던 내 모습이 부끄럽다. 진심으로 사과의 말씀을 전하고 싶다. (꾸벅) 미숙한 제가 어찌 다인을 그리 쉽게 판단해버렸을까요. 무슨 일을 겪었는지도, 어떤 감정인지도 알지 못하는데, 부족한 저는 이를 헤아리지 못했습니다.

더불어 이 기회에 아내에게도 사과하고 싶다. (꾸벅) 그때 내가 잘못했어요. 행복한 여행을 망쳤던 지난날의 저를 용서해주셔요. 못돼먹은 생각과 행동이 내 영혼을 좀먹었나 봅니다. 깊이 반성할게요.

그렇게 싸웠는데도, 여행만은 꼭 가야 한다는 누님의 간절한 희망
에 따라 나는 지금, 새로운 여행지를 찾고 있다. 미안한 마음을 꾹
꾹 가득 눌러 담아서.

기왕이면 기차 여행을 가고자 한다.

메멘토 모리 : 죽음을 기억하라

스케일링을 하기 위해 치과에 다녀왔다. 직장인 시절에는 회사가 제공하는 건강검진과 함께 스케일링을 받았지만, 백수가 되니 일부러 치과를 찾아가야 한다. 건강전도사 아내의 권유, 내지는 압박이 있긴 했다. 치과가 그리 낭만적인 장소는 아니기에 지금껏 버텨왔지만, 방학이라 시간도 남고 딱히 변명거리가 있을 턱이 없었다. 자리에 누워 치아 사진부터 찍었는데, 민망할 정도로 입 안이 지저분했다. "어이쿠 이렇게 심했다니" 하며 의사 선생님 말씀에 급 고분고분해졌다. 턱관절에 힘을 줘 입을 있는 힘껏 벌리며 드는 생각은 황당하게도 '죽음'에 관한 것이었다.

잔뜩 옥죄는 긴장감, 입안에서 튀기는 파편, 머리를 울리는 드릴 소음, 바짝 말라가는 입술을 느끼며 불현듯 죽는다는 것은 무엇일까 하는 상념이 들었다. 도무지 이유를 알 수 없었다. 비좁은 자리에 누워 입을 벌리고 있으니, 표현하기 힘든 깊은 허무함이 밀려왔던 걸까. 각종 기구가 입속을 헤집는 동안 꼼짝없이 경건한 마음으로 사색해야 할 처지였다.

* 상기 치과 치료 묘사는 이소은 2집 〈충치〉라는 노래를 참고했습니다.

죽음에 관해 아내와 이야기를 나눈 적이 있다. 100세 인생은 너무 긴 게 아니냐, 죽는 날까지 너만을 사랑할게, 같은 다분히 유치한 대화였다. 한날한시에 세상을 뜨자는 남편의 애정 표현은 곧바로 가차 없이 반박당했다. "그럼 내 장례는 누가 치러줘? 당연히 남편이 해야지. 3일만 더 있다 와. 하늘에서 좋은 자리 맡고 있을게." 얼떨결에 그녀보다 딱 3일 더 살아야 할 의무가 생겨버렸다. 치과에서 새삼 분하다. 세 살이나 어린데, 고작 3일 늦게 세상을 뜬다는 것은… 어쩐지 손해 보는 느낌을 지울 수 없다.

네팔 파슈파티나트 사원Pashupatinath Temple에서의 경험도 떠올랐다. 친구 둘과 히말라야 트레킹을 마무리하는 날이었다. 이곳은 강가에 있는 힌두교 사원이면서 동시에 화장터였다. 눈앞에서 타고 있는 시신으로 인해 죽음을 가까이서 마주했다. 여기저기서 연기가 피어올랐고, 강에는 지저분한 부유물이 떠다녔다. 많은 사람이 배

웅하는 화려한 장례식도, 장작 몇 개에 재로 산화되는 초라한 장
례식도 있었다. 불과 몇 달 전에 어머니를 여읜 한 친구는 그 자리
에서 모든 걸 쏟아내며 오열했다. 옆에 있던 우리는 자욱한 연기를
맡으며 침묵할 수밖에 없었다. 생사가 극명히 갈리는 현장에서 함
부로 숨을 내쉬는 것조차 두려웠다.

10년 전에 읽었던 책 한 권도 생각난다. 카네기 멜론 대학교 교수
였던 랜디 포시의 『마지막 강의』였다. 저자는 췌장암으로 시한부
삶을 선고받았다. 죽음을 앞둔 한 인간으로서, 교수로서, 남편으로
서, 그리고 세 아이의 아빠로서 하고 싶었던 마지막 메시지를 담은
강연을 했고 이 내용이 책으로 묶였다. 강의를 마치고 9개월 후,
그는 47세의 일기로 생을 마감한다. 죽음을 앞두고 그가 하려 했
던 이야기는 아이러니하게도 꿈과 행복이었다. 책은 시종일관 밝
고 유쾌했으며, 긍정으로 가득했다. 자녀를 두고 떠나야 하는 아빠
지만, 그래도 세상은 살 만하고 행복했다, 지금도 그럭저럭 잘 지
내고 있다는 그의 말이 깊은 감동과 울림으로 다가왔다.

- - -

메멘토 모리^{Memonto mori}라는 말이 있다. 해석하자면 '죽음을 기억

하라'. 유래는 로마 공화정의 개선식으로 거슬러올라간다. 전쟁에서 승리한 장군은 화려한 전차를 타고 도시를 가로지르는데, 이때 바로 옆자리에는 노예 한 명이 같이 탔다고 한다. 비천한 노예의 임무는 개선 장군의 귓속에 메멘토 모리를 끊임없이 되뇌는 것. 영광스러운 칭송을 받는 자일지라도 언젠가는 죽을 운명임을 자각하고 겸손을 잃지 말라는 뜻이었다.

산다는 것은 곧, 죽어야 함을 의미한다. 우리 부부도 언젠가는 코끝의 호흡이 멎을 것이다. 각자의 그 시점이 언제가 될지 알 수 없으니 영 찜찜한 것은 어쩔 수 없다. 다만 죽음을 외면하기보다 항상 우리 옆에 있다고 인지하며 살아야 함을 느낀다. 그것이 가정에서 남편과 아내로서 책임을 다하듯, 삶을 살아내는 한 인간으로서 일종의 책무라는 생각이 든다.

마틴 루터는 '죽음은 인생의 종말이 아니라, 생애의 완성이다'라는 말을 했는데, 납득할 만한 태도가 아닐까 한다. 무無로 환원된다는 건 아무래도 너무 허무하니까. 하루하루 삶을 버텨내며, 생을 완성하는 발걸음에 함께할 동반자가 있으니 그걸로 됐다 싶기도 하다. 그 여정이 조금 즐겁기까지 하다면 더할 나위 없는 삶이겠지.

잡생각을 하다 보니, 40분이나 걸린다는 스케일링은 의외로 눈 깜짝할 사이에 지나가버렸다.

이상, 치과에서의 별 볼 일 없는 개똥철학이었습니다.

냉정과 열정 사이

1. 프롤로그

'한 소설을 두 사람이 쓴다는 것, 그것은 이미 사랑의 모습을 닮아 있습니다.'

두 권으로 구성된 소설 『냉정과 열정 사이』는 한 권은 'Blu', 다른 한 권은 'Rosso'라는 부재가 있다. (각각 이탈리아어로 '푸른', '붉은'을 의미한다) 'Blu'는 '준세이'라는 남성 시각에서, 'Rosso'는 '아오이'라는 여성의 시각에서 쓴 소설로, 두 남녀 작가가 편지를 주고받는 듯 쓴 애틋한 사랑 이야기다. 소설을 원작으로 한 동명의 영화 역시 마음을 촉촉이 적시는 작품이다. 이탈리아 피렌체를 배경으로 음악과 예술이 흐르는 아름다운 영화.

10년 전, 연인이었던 두 사람은 아오이의 서른 번째 생일에 피렌체의 두오모*에서 함께 있자고 약속한다. 그러나 오해의 간극을 줄이지 못하고 둘은 헤어지게 된다. 스쳤던 약속 하나로 지난 세월을 견뎠던 쥰세이. 그리고 10년 후, 그녀의 생일에 언약의 장소에서 둘은 재회한다. 현악기의 풍성한 여운이 녹아있는 음악이 서서히 옅어져 가는 순간, 시간의 풍화를 버티며 각자의 삶을 살았던 두 사람은 약속한 장소에서 다시 만나게 된다. 영상은 낭만적인 피렌체와 두오모, 그리고 과거의 연인을 담는다.

- - -

사라져 가는 예술을 되살리며, 잃어버린 시간을 놀리는 미술복원가로 살아가는 쥰세이. 그는 미래로 나아가지 못하고 상처 입은 과거를 헤매며 지내왔다. 르네상스의 발상지지만 그 때문에 여전히 과거에 머물러있는 도시 피렌체에서 자책과 후회로 찬 과거에 속박되어 살아온 것이다.

목욕과 소설, 음악을 즐기며 소박하게 살아가는 아오이는 작은 보

---

* 두오모 : 두오모(Duomo)는 이탈리아어로 도시를 대표하는 성당을 의미한다. 대부분 대성당을 뜻한다. 라틴어 'Domus'가 어원으로 하느님의 집을 의미한다.

석 가게에서 일한다. 전통과 문화가 곳곳에 배어 있지만, 동시에 전 세계 패션의 중심으로서 미래를 향해 나아가는 밀라노에서. 그녀는 지금의 애인을 사랑한다. 하지만 그에게 온전히 마음을 열지 못하는 외로운 여성이다.

그리고 둘은 각자의 삶에서 잠시 빠져나와 낡은 약속이 점해둔 장소로 향한다. '사람의 있을 곳이란 누군가의 가슴속밖에 없는 것'이라는 믿음 하나로.

소설 혹은 영화와 같이 상대를 향한 각자의 진솔한 이야기를 해보고자 한다.

우리 부부의 '냉정과 열정 사이'.

2. 그 남자

이 여자가 이토록 감성이 풍부하고 여린 사람인지 미처 몰랐다.

결혼 전에는 학교 선배, 사회인 선배, 그리고 인생의 선배로 똑부러지는 사람인 줄로만 알았다. 방황하는 학생이던 내가 가야 할 길

사랑은 냉정과 열정 사이 그 어디쯤 존재할 테니, 그녀와 함께 그 모호한 지점을 찾아본다.

을 안내했고, 취업 준비에 헤매던 내게 이정표를 건넸으며, 매번 선택의 기로에서 기꺼이 냉정한 조언을 해줬던 든든한 그녀였다.

결혼을 하고, 그녀에게 한걸음 가까이 다가가니 알게 되었다.

그녀는 차가움보다는 따뜻함이, 이성보다는 감성이, 냉정보다는 열정이 더 어울리는 여자다. 그녀의 모습이 낯설 때가 있다. 그래서 다투기도 많이 다퉜다. 때론 답답했고, 때론 억울했고, 때론 화도 났으며, 때론 미안했다. 그녀의 눈에서 눈물이 날 때면, 나 역시 그녀의 기대와 이상을 충족시켜주지 못하는 한 사람이겠지 라는 생각에 조금은 힘들기도 했다.

서로가 서로에게 쉴 만한 그늘이 되는 아름다운 부부는 어떤 모습일까? 그런 이상적인 관계가 가능은 한 것인가?

한편으로는 또 이런 생각이 들기도 한다.

서로 결이 달라서, 아직은 너무 몰라서, 느끼는 감정과 생각이 어긋나서, 그녀가 참 궁금하다고. 그래서 그녀를 더 알아가고 싶다고.

차가움과 따뜻함, 둘 중에 하나를 골라야 한다면, 나는 차가움에 가까운 사람.

나와 다른 그녀는 따뜻한 사람이다. 진심이 담긴 온기로 사람을 데 워주고, 상처받은 영혼을 포근하게 위로해주고, 상대방을 있는 그 대로 이해하며, 흔들리는 누군가를 품 안에 꼭 안아주는 사람. 그 런 그녀가 참 좋다.

이해의 면적은 한정되더라도 포용의 부피는 넓히고 싶다.

사랑은 냉정과 열정 사이 그 어디쯤 존재할 테니, 그녀와 함께 그 모호한 지점을 찾아본다. 여전히 헤아릴 수 없는 아내지만, 그녀란 사람을 더 알아가려 한다. 그녀가 지쳤을 때. 한 줌의 휴식이 되는 남편이고 싶다.

3. 그 여자

그 남자를 글로만 접하신 분들께 적나라한 실상을 말씀드려야 할 것 같아, 이렇게 펜을 잡게 되었네요. (사실은 글을 쓰라는 남편의 압 박과 종용이 있었습니다만)

그의 글에서 남편은 미니멀리스트이자 가성비를 따지는 합리적인 인간으로 묘사되곤 합니다. 그러나 가끔, 아니 자주 자신이 표방하는 근검절약과는 무방한 삶을 사는 모습이 포착됩니다. 가족들과 외식을 할 때면 제일 비싼 메뉴를 시킨다든가, 충분하다 싶은데도 음식 하나를 꼭 더 주문하곤 하죠. 아나나 다를까, 어머님께서 말씀하시길, 어렸을 때부터 저 혼자 그 비싼 '특설렁탕'을 시켜 먹는 아이였다고 회상하시더라고요.

우리 집은 한여름이면 ATM기기가 됩니다. 더위를 잘 타는 남편이 에어컨을 풀가동시키기 때문이죠. 밤낮으로 23도를 유지합니다. 켜짐 꺼짐 예약 기능은 아예 무시한 채 심지어 밤새도록 23도로 맞춰놓습니다. 춥다고 온도를 좀 높이자고 말하면, 이불을 덮으라고 하는 괘씸한 동생 남편입니다. 남들은 전기세를 조금이라도 아끼고자 아등바등하는데, 자기가 벌어오는 돈 아니라고 에어컨을 펑펑 트니, 이를 어쩌면 좋을까요.

그리고 이 사람, 이상하게도 자신의 황소고집에 망측한 자부심이 있는 것 같습니다. 어떤 확고한 의견이 있으면 제가 아무리 말해도 절대 물러서는 법이 없죠. 그래서 부부간에 의견 불일치가 생기면, 저는 논리보다 목소리로 그를 이기려 하는지도 모르겠네요.

예를 하나 들어볼게요. 제 친구 혹은 지인 결혼식이 있으면 우리는 종종 얼굴을 붉히는 일이 생깁니다. 이해하기 힘들게도, 남편은 결혼식에 가야 하는 날이면 평소와는 다르게 옷차림에 전~혀 신경을 쓰지 않습니다. 하객은 단정한 옷차림으로 예의를 갖춰야 한다고 생각하기에, 이러한 남편이 우려되어 결혼식 전날 (주말 부부이니 페이스톡으로) 어떻게 입는 게 좋을지 조언을 합니다. (사실은 간곡한 부탁이죠) 말해준 대로 입겠다고 흔쾌히 답하는 그를 보고 잠시 안도하지만, 다음날이 되면 전혀 다른 옷차림으로 나타나 저를 당황케 합니다. 심지어 한 번은 밑창이 떨어진 구두를 신고 나타난 적도 있답니다. 그날에는 화낼 시간도 없이 부랴부랴 근처 구두점에 가서 새 신발을 샀죠. 정말 어마무시한 황소고집이랍니다.

그의 기획대로라면 이 글은 아내와 남편의 다른 점으로부터 오는 갈등으로 채워야겠죠. 하지만 저는 30년 이상을 각자의 방식대로 살아온 그와 서로 맞춰가는 시간이, 번거롭기보다 행복할 때가 더 많습니다. 그의 작은 행동에는 깊은 배려와 사랑이 담겨있어 감동받을 때가 많거든요. 노르웨이 출장 중에 오로라 사진이 담긴 엽서를 신혼집에 보낸 적이 있습니다. 집에 가보니, 오로라 광경이 아닌 제가 쓴 편지가 보이게 냉장고에 붙여놓았더라고요. 본인은 오로라보다 제 편지글이 더 좋다면서. 이런 일들이 너무 많아서 여기에 다 기록하지 못할 정도입니다. 하하. 어쨌든 저희 남편은 거창한 이벤트를 꾸미지는 않아도, 끊임없이 사랑받고 있다는 걸 느끼게 해주는 그런 사람입니다.

우리는 서로를 사랑하는 만큼 각자의 개인적인 삶도 존중해준다는 점에서 나름 건강한 관계인 것 같아요. 저는 평소, 남편에게 '어쩜 이리 잘생기고, 매력적이고, 성격도 좋고, 못하는 게 없는지, 내 인생에 나타나 줘서 고맙다'고 필터 없는 애정 표현을 하며 껌딱지처럼 붙어있습니다. (부끄럽네요) 그렇지만 각자 해야 할 일이 있을 때는 카페서든 집에서든 서로의 공간에서 작업을 합니다. 부부가 만날 수 있는 황금 같은 주말에도 중요한 약속이 있거나 취미 생활을 할 때면 상대에게 개인 시간을 가질 수 있게 배려해줍니다. 주말 아침에 축구하러 나가겠다는 남편을 굳이 말리지 않죠. (말려도 기어이 기어나갈 인간임을 알기에)

저는 대학원 학생인 남편과 주말 부부인, 가정경제를 책임지고 있는 연상 아내입니다. 불과 1년 반 전까지만 해도 상상할 수 없었던 모습이고, 우리 부부에게 앞으로 넘어야 할 산 역시 여전히 많고 험하죠. 하지만 조금씩 나아가고, 성취하며, 그런 기쁨을 함께 누릴 수 있는 사람이 옆에 있다는 것만으로도 매일을 살아가는 힘이

됩니다. 폭로성 글을 쓰려 했는데, 어쩌다 보니 결국 제 자랑이 되어버렸네요. 정중한 사과의 말씀 드립니다.

남편은 이 글을 읽고, 만족할지 모르겠네요. 어휴, 이 글을 쓰기까지 얼마나 재촉을 당했는지 모르실 겁니다.

그러니까 동생 남편아, 앞으로 더 잘해라. 알겠니?

투명한 시간을 걷는 인연

소네트 18$^{Sonnet 18}$

당신을 여름날에 비유해도 괜찮을까요?$^{Shall I compare thee to a summer's day?}$

당신을 여름날에 비유해도 괜찮을까요?

그대는 여름보다 더 사랑스럽고 온화해요.

거센 바람은 5월의 부드러운 꽃봉오리들을 흔들고

아름다운 여름은 너무나 짧아요.

햇볕은 때때로 너무 뜨겁게 내리쬐고,

종종 환히 빛나는 안색은 어두워지기도 하죠.

그리고 모든 아름다움은 언젠가 저물기 마련이에요.

그게 우연이든 자연의 섭리든 말이에요.

그러나 당신의 영원한 여름은 증발하지 않을 거예요.

그대의 아름다움 또한 사라지지 않으리라 믿어요.

죽음의 그림자도 당신을 어찌할 수 없을 거예요.

영원한 시 안에서 당신은 자랄 테니까요.

인간의 숨이 붙어있는 한, 두 눈이 볼 수 있는 한,

그리고 이 시를 노래하는 한, 당신의 생명에 숨결을 불어넣을 거예요.

Shall I compare thee to a summer's day?

Thou art more lovely and more temperate:

Rough winds do shake the darling buds of May

And summer's lease hath all too short a date:

Sometime too hot the eye of heaven shines

And often is his gold complexion dimmed;

And every fair from fair sometimes declines,

By chance or nature's changing course untrimmed;

But thy eternal summer shall not fade,

Nor lose possession of that fair thou ow'st;

Nor shall death brag thou wander'st in his shade,

When in eternal lines to time thou grow'st:

So long as men can breathe, or eyes can see,

So long lives this, and this gives life to thee.

_윌리엄 셰익스피어 William Shakespeare

투명한 시간…

어느 소설에서 '투명한 시간'이란 표현을 본 적이 있다. 언제였는지, 어느 작품이었는지, 어떤 맥락에 쓰였는지 정확히 기억은 나지 않는다. 어느 날 불현듯 이 표현이 떠올랐다. 어쩌면 아내와 함께하는 지금이 내게는 투명한 시간으로 흐르고 있기 때문인지도 모르겠다. 혼자만 간직하고자, 탁한 시간을 억지로 부여잡던 시기가 있었다. 그 당시에는 누구에게도 내 삶을 귀띔하고 싶지 않았고, 남이 개입하지 못할 나만의 시간에 집착했다. 그러나 지금은 아내와 삶을 폭넓게 공유하며, 시간 역시 맑게 나누고 있다.

셰익스피어의 시를 읽고 책이란 걸 쓰기로 결심했다. 아내와의 일상과 경험이 진솔하게 담긴 글. 영문학도였음에도 불구하고, 소네트Sonnet라는 형식의 시에 대해 잘 모른다. 다만 셰익스피어가 많이 쓴 정형시의 일종이라는 정도만 흘려들었을 뿐이다. 소네트에 대해 잘 알지 못하지만, 시를 감상하다 보면 사랑에 빠진 대문호의 마음을 온전히 느낄 수 있다. 수백 년이 흘러 그 진심이 내게도 전해졌고, 나 역시 한 사람을 위해 이렇게 글을 쓰고 있다.

사람은 감정의 동물이고, 감정은 날씨에 영향을 많이 받는다. 셰익스피어의 고향인 영국은 일 년의 대부분이 흐리고 비가 내린다. 이 때문에 영국 사람들이 짙은 안개와도 같은 잿빛 우울을 느끼는 것은 당연할지 모른다. 그래서 그들에게는 화사한 햇빛이 내리쬐어, 색채가 본연의 아름다운 빛깔을 발산하는 여름이 그 어느 계절보다 특별하다. 그러나 이 시절은 너무도 짧다. 곱고 청아한 것들은 언제나 찰나의 순간만 빛나고 곧 꺼지고 만다.

그래도 변하지 않았으면 하고 바라는 것이 있다. 그건 우울을 밝히는 여름보다 더 사랑스럽고 온화한 그대의 아름다움. 그리고 그대와 함께 흘려보내는 이 시간. 부디 당신만은 짧은 여름처럼 저물지 않기를. 시인은 그런 간절한 바람을 시에 담는다. 이 시를 노래하는 한, 당신이 뿜는 고매한 숨결이 영원에 갇혀 사라지지 않기를 희망하며.

그러나 지금의 아름다움이 언젠가 시든다는 사실을, 우리는 잘 알고 있다. 예외란 없을 테지. 당신의 외모도 언젠가는 변할 것이고, 우리의 관계 역시 순수한 아름다움의 영역을 벗어날지도 모르며,

달콤한 시간도 무미無味 혹은 씁쓸한 맛으로 변할 수 있다.

아름다움의 유한성을 너무도 잘 인식하고 있기에, 우리가 함께하는 지금 이 순간의 소중함을 깨닫는다. 그리고 그 시간의 투명함만은 그대로 남기를 소망한다. 외적인 젊음과 아름다움, 이상적인 관계, 애틋한 감정이 산화되더라도 그대와 함께할 시간만큼은 깨끗하고 맑기를. 그리고 아름다움은 변할지라도 투명한 시간은 투명함 그 자체로 영롱하게 빛나기를.

시간을 함께 걷는 당신과 나.

앞으로도 그대와 투명한 시간을 나란히 걸어보려 한다.

어쨌거나 삶은 계속될 테니까

나는 평범한 삶을 좋아한다. '평범한 삶'의 정의가 뭔지 논하려면 상당히 머리가 아프고, 대단히 귀찮겠거니와 의견도 분분할 테니, 그건 슬쩍 넘어가기로 하고. 다만 놀랄 정도로 헐거운 내 기준에서는 '일상의 하루를 묵묵하게 버텨내며 성실하게 사는 삶'이라 대충 얼버무려 본다. 평범한 삶을 살아가는 인물에 대한 이야기를 듣게 되면 나도 모르게 귀가 쫑긋해지고, 그에게 감정이 이입되며, 괜스레 뒤에서 몰래 응원하고 싶어진다.

또 한편으로는 세상에 완전히 평범한 삶이란 없다고도 생각한다. 군이 따지자면, 삶의 평범한 조각들만이 파편처럼 존재할 뿐. 눈에 잘 띄지 않은 보통의 조각들이 우리네 삶에 널브러져 있다. 그리고 그런 자질구레한 파편들 사이사이에 다른 이들과는 구별되는 자신만의 특별하고 굴곡진 무늬들이 녹아져 있는 것 같다. 지극히 평범한 삶을 사는 이에게도, 그만이 가지고 있는 남다른 사연과 이야기가 흩어져 있기 마련이다.

2020년 현재, 결혼 4년차 세 살 차이 연상연하 부부는 이렇게 살고 있다. 평범함과 특별함이 극적으로 공존하는 삶. 누구에게는 다소 생소하고 갸우뚱하리만큼 이상하게 보일지라도, 그게 나와 아내가 살아가고 있는 방식이자 세상이다. 주어진 자리에서 나름의 땀을 흘리며, 성실하게 살고 있는 우리 부부의 모습에 새삼 '대견하다'라는 마음이 몽클 솟아난다. 삶을 사는 모든 사람은, 삶을 살아낸다는 그 이유 하나만으로 존중받아 마땅하다. 이것이 내가 이 책을 통해 궁극적으로 말하고 싶은 메시지다. 한 가지 바람이 있다면, 책을 읽은 누군가가 '이런 삶도 있구만'하고 끄떡여 주었으면 좋겠다.

글을 쓰고, 책을 엮는 이 시간이 내게는 꽤 멋진 여정이었다. 한심한 이야기라도, 읽어 주신 분들이 계셔서 평범하지만 특별했던 삶의 한 단락이 완성되었다. 어찌 생각하실지 모르겠으나, 독자님들은 내게 길동무가 되어 주셨다. 서로의 목적지는 다를지라도 잠시나마 같은 길을 걷고, 담소를 나누고, 서로 땀을 닦아주는 길동무.

보통의 하루를 살아내며 삶을 나누는 벗이다. 함께 땀의 흔적을 새기고 발걸음을 내디뎠던 독자님들, 진심으로 감사드립니다.

그래서 나 역시 누군가에게 걸맞은 길동무가 되고자 한다. 함께 걷는 벗이 귀 기울일만한 덜 한심한 이야기를 쓰려 노력하고 있다. 평범하고 소박한 일상의 땀이 배인 그런 글 말이다. 앞으로 기회가 된다면, 꾸준히 여러분들과 소소한 삶을 더 나누고 싶습니다. (그러니까 이 책은 많이 팔려야만 해요. 저도 가정경제에 기여할 뿐더러, 두 번째 책도 나와야죠)

책이 출판되도록 도움을 주신 파람북 출판사 관계자를 비롯한 모든 분께 감사드린다. 양가 부모님, 할머님께도 감사하다는 말씀을 꼭 드리고 싶다. 저희 부부, 앞으로도 서로에게 힘이 되며 예쁘게 또한 열심히 살겠습니다. 지켜봐주세요. (곧 손자 · 손녀도 보실 수 있도록 파이팅 하겠습니다)

이제 얼른 노트북을 덮고, 야근한 아내가 집에 들이닥치기 전에 밀린 설거지를 해야겠다. 제때제때 하려 매번 마음을 먹지만, 여전히 쉽지 않다. 또다시 고독한 시간을 견디며 지저분하게 쌓여있는 그릇들과 싸우러 가겠습니다. 그리고는 원래 깨끗한 주방이었다는 듯 시치미 뚝 떼고 퇴근한 아내를 반겨야죠.

어쨌거나 삶은 계속될 테니까요(찡긋).

2020년 2월

왕찬현, 기해경

마음이 가는 사람이 있다면
그 사람이 나보다 나이가 많거나
혹은 어릴지라도 주위의 시선과 편견에 눌리지 말아요!

연상연하 롱디 커플의 고민상담소

좋아하는 누나가 있습니다. 나이 때문에 망설여져요. 다가갈 수 있을까요?

마음이 가는 사람이 있다면 – 그 사람이 나보다 나이가 많거나 혹은 어릴지라도 주위의 시선과 편견에 눌리기보다 본인의 가슴이 가리키는 방향으로 다가가기를 조심스레 권합니다. 어차피 인연이라면 이어지는 거고, 아니라면 그 또한 새로운 만남을 위한 경험이지 않을까요. 연상 연하 썸남썸녀에게는 특히 그런 두둑한 배짱이 중요한 것 같아요. 김형중의 〈세 살 차이〉라는 노래를 들어보시길 추천합니다!

연상연하 커플, 정말 괜찮을까요?

매우 좋습니다! 제가 나이 어린 친구도, 동갑내기도 만나 봤는데 (앳 아내가 옆에서 노려보네요) 연상연하 커플, 할 만합니다. 결혼도 물론이고요. 일단 주위의 시선을 즐길 수 있죠. "여자 친구가 연상이라며? 이열 ~ 능력자네?" 그럼 으쓱하며 "내가 원래 매력 터지는 남자잖아~"라고 세상 두려울 것 없다는 듯 시크하게 답변하면 됩니다. 아내는 남편이 3살 연하라고 말하면, 요즘에도 종종 "이야~ 3살 연하남이랑 결혼하다니, 능력자시네요!"라는 얘기를 듣는다고 해요. 얼떨결에 저희는 능력자 부부가 되어버렸죠. 제 친한 친구 중에는 9살 연상과 결혼에 골인한 녀석도 있답니다. 그야말로 능력자 두목이라 할 만하죠. 덜덜덜.

연하 남자 친구를 둔 여성입니다. 저는 회사원이고, 남자 친구는 학생인데 이유 모를 다툼이 잦아지고 있어요. 연하 남자 친구를 사귀면서 주의해야 할 점이 무엇인가요? 제가 어린 남자 친구를 위해 어떤 배려를 더 해줘야 할까요?

상대방이 '어리다'라는 생각부터 없애는 것이 중요합니다. '어린 사람'과 만나는 게 아니라, 좋아하는 사람과 만나는 거잖아요. 상대방은 단지 우연히 질문자님보다 늦게 태어난 것뿐입니다. 원론적인 답이지만 인간 대 인간으로 편하게 대해 주심이 어떨는지요. 남자 친구도 분명 학생 신분에 대한 압박감을 느낄 겁니다. 그러니, 인생의 선배로서 따뜻하게 품어주시면 좋을 것 같아요. 그러면 힘들고 불확실한 시간을 함께해준 질문자님께 분명히 감사함을 느낄 겁니다. 회사원-학생 커플이라는 특별한 시간을 있는 그대로 즐기시길!

여자 친구는 광주, 저는 서울에서 근무하는 장거리 커플입니다. 결혼도 진지하게 생각하고 있고요. 주말부부는 실제로 어떤가요?

솔직히 말씀드려야겠네요. 제 경험상 주말부부는 '별로' 안 좋습니다. 결혼을 두 사람 간의 교집합을 넓히는 과정이라 한다면, 주말부부는 그 과정이 다소 줄어들 수밖에 없어요. 특히 신혼일 때 더 안 좋아요. 다른 두 사람이 만나서 서로 다투고, 조정하며, 포용하고, 이해하는 물리적인 시간이 필요한데, 주말부부는 이를 건너뛸 수밖에 없죠. 주말에 2~3일 같이 있는 시간으로는 상대를 온전히 알아가는 일은 쉽지 않아요.

그래도 드리고 싶은 말씀이 있어요. 이 사람이다, 이 사람과 평생을 함께하고 싶다는 확신이 든다면 주말부부라 할지라도 결혼하셔야죠. 거리가 멀다고 사랑을 포기하는 것은 현명한 선택이 아니라고 생각해요. 이 모든 장애를 극복할 수 있는 게 사랑의 힘이 아닐까요? (제가 말하고도 낯 뜨겁네요)

장거리 연애를 하며 가장 힘든 점은 무엇인가요?

아무래도 지금 내 옆에 그 사람이 없다는 점이 가장 크죠. 삶을 살아가는 매 순간이 버거운데, 위안이 될 한 사람이 곁에 없다는 것, 이는 결코 가벼운 문제가 아닙니다. 사실 이런 점이 제가 퇴사를 결정한 큰 이유입니다.

저희 부부는 요즘에도 물리적 거리 때문에 불편한 점이 많습니다. 길에서 줄줄 새어가는 시간과 돈이 매우 매우 아깝거든요. 지금은 학생으로 돌아와 다시 주말부부가 되었지만, 이는 한시적으로 떨어져 있는 거라 믿고 있습니다. 저희 부부는 2년 안에 꼭 합칠 겁니다!

롱디 연애의 좋은 점은 아예 없나요?

군이 찾아보자면, 상대방에 대한 애틋한 마음?! 평소에 떨어져 있다 보니, 그런 마음이 드는 거는 당연하죠. 매일 밤마다 페이스톡을 부여잡고 있으면, 상대방에 대한 애정도 불끈불끈 솟아난답니다. 그런 애정이 뭉치고 농축되면 주말에 만날 때도 더 깊은 유대감을 느낄 수 있고요. 흔히들 '주말부부는 전생에 나라를 구한 사람이 분명하다!'라는 말이 있기는 하지만, 저는 선뜻 동의하기 힘듭니다(아직까지는요).

주변에서 결혼은 늦게 하는 게 상책이라고들 합니다. 하지만 저는 일찍 하고 싶은 마음이 큽니다. 20대에 결혼하셨는데, 일찍 유부남이 되어 아쉬운 점은 없으신가요?

아쉽습니다! (아내가 옆에서 또 노려보네요) 우선 접근하는 이성이 사라집니다. (원래는 있었을지도 모릅니다.) 20대의 한창 혈기왕성한 나이인데, 주변 녀석들이 하는 두근두근 썸을 저는 탈 수 없었죠. 매우 아쉽습니다. 또한 마음껏 신나게 놀 수도 없습니다. 한창 멋내고 꾸미고, 재밌게 놀아재낄 여건이 다 갖췄는데, 이마저도 할 수 없죠. 미팅을 할 수 없는 것은 당연하고, 친구들과 자유롭게 여행을 떠날 수도 없어요. 유부남이라 각종 모임에도 참여하기 힘들 때가 있어요. 그러다 보면 친구들 사이에서 왕따 당하기 일쑤죠. 갑자기 슬퍼지려고 합니다(심지어 할로윈 파티도 못 간답니다).

그렇다면 일찍 결혼해서 좋은 점은요?

사실 일찍 결혼해서 아쉬운 점보다는 좋은 점이 더 많아요. 먼저, 결혼은 제가 집중할 한 사람이 생긴다는 뜻이죠. 이로 인해 제 주변의 관계가 자연스레 정리됩니다. 특별한 사이도 아니면서도 애매하게 연결되던 이성 간의 모호한 관계에 상당히 지쳐있었는데, 결혼함으로써 모든 상황이 정돈되더군요.

또한 마음껏 놀 수도 있습니다. 아내랑요. 저는 아내와 노는 게 정말 재밌습니다. 침대에 누워 이러쿵저러쿵 시시콜콜한 얘기를 하고, 함께 산책하고, 서점에서 책 읽고, 스터디 카페에서 공부도 하죠. 그리고 신혼생활에 관해 쓴 제 글에 대해 이것저것 조언을 주고받는 이 순간들이 정말 즐겁거든요.

요즘은 40대에 결혼하시는 분도 많잖아요. 결혼 적령기는 언제라고 생각하세요?

결혼에 적령기는 없다고 생각해요. 무수히도 많은 상황과 개인의 가치관, 상대방의 의사 등 정말 무한대의 경우의 수가 있기 때문이겠죠. 그렇기에 무조건 늦게 결혼하라는 말도, 일찍 결혼하는 것이 장땡이란 말도 상큼하게 무시하시면 될 것 같아요. 본인과 사랑하는 그 사람이 원하는 그때가 결혼할 적절한 타이밍일 겁니다.

학생 신분을 벗어난 시간대에는 전업주부로서 생활하는 모습이 인상적이었습니다. 조금 달라지기는 했어도 성인 남자가 집안일만 한다면 시선이 곱지 않을 때가 있잖아요. 스스로 당당한 것과 달리 그런 시선을 느끼면 어떻게 대처하시나요?

본문에서도 언급했지만(「한국에서 남편 주부로 산다는 것에 관한 연구」를 살펴봐 주세요) 주로 먼 산을 바라본다는. 골똘히 생각해도 달리 특별한 노하우는 없네요. 그저 제 자신이 바로 서는 것 밖에는요(물론 저는 아직까지는 시시각각 흔들리는 갈대 같은 사내랍니다).

설거지 말고, 집안일에서 가장 힘든 점은 무엇인가요?

뭐… 설거지 외에는 딱히 떠오르는 게 없네요. 집안일이 적성에 아주 잘 맞는다고나 할까요? 예전에는 음식물 쓰레기 버리는 일도 싫어했는데, 어느 정도 극복한 것 같고. 화장실 청소도 귀찮기는 하지만 매일 하는 일이 아니다 보니 이것도 큰 문제는 아니고. 그래도 힘든 점이라고 한다면, 집에서도 항상 긴장의 끈을 놓지 말아야 한다는 점? 집 안이 깔끔하게 유지되려면 주부는 항상 날카로운 매의 눈을 하고 집 안의 상황을 살펴야죠. 이게 굉장히 피곤하답니다. 아, 갑자기 퇴근하고 싶어집니다. 집인데 말이죠.

혹시 집안일 가운데 즐기는 일도 있나요? 하다 보니 남자에게 더욱 맞는 집안일이라고 생각되는 일이 있었다면 귀띔해주세요!

'남자'에게 더욱 맞는 집안일이란 딱히 없는 것 같습니다. 남자든 여자든 누구나 잘할 수 있는 일이라고 생각해요. 제 경우는 청소기 돌릴 때만큼은 신나게 하고 있어요. 흥얼흥얼 노래도 하고, 괴상망측한 춤도 섞어 가면서요. 청소기를 들고 거실을 활보하다 보면 무대 위 뮤지컬의 주인공으로 빙의되는 것 같습니다. 부끄러우니 굳이 상상하시지는 마시고요.

아무래도 젊은 부부이다 보니 경제적으로 늘 아쉬울 때가 많을 것 같아요. 경제적으로 비용을 아끼는 남편 주부로서의 노하우가 있다면 알려주시겠어요?

마트에서 장 볼 때 항상 소량으로 구매한답니다. 묶음으로 파는 물건들의 할인율이 더 높기는 해도, 결국에는 다 못 먹고 남아서 버리게 되더라고요. 그럴 때면 너무 아까워서 주부의 마음은 찢어집니다(흑흑). 그래서 되도록 먹을 만큼만 딱 사려고 노력하고 있습니다. 결국 그게 돈을 아끼는 길이더라고요. 자주는 아니지만 대형 마트에도 가끔 가는데, 이것저것 다량의 물건을 카트에 담는 아내를 말리는 것이 제 임무랍니다. 하, 쉽지 않은 일이죠. 누가 우리 누님 아내 좀 말려주세요.

앞으로 아이를 갖게 될 텐데, 육아도 당연히 전업주부인 작가님께서 도맡아 하실 계획이신가요? 자녀 계획도 알려주세요!

글쎄요. 미래는 모르지만…. 저는 한시적 전업주부이기 때문에 그때 육아를 도맡아 하게 될지는 확신할 수 없네요. (저도 대학원 생활이 끝나면 가정 경제에 기여해야죠) 다만 새로운 직장을 가지게 될지라도 육아 휴직은 꼭 사용할 예정입니다! 물론 힘들겠지만 어린 자녀와 함께 시간을 보낼 거를 생각하니 벌써부터 행복해지네요. 1남 1녀가 좋을 것 같아요. 쌍둥이라면 더 재밌지 않을까 하는 망상도 하고 있답니다.

여행 때나 운전 연습 때가 아니더라도 일상 속에서 연상 아내 분과 다투기도 하실텐데, 연상연하 커플의 화해 노하우가 궁금합니다. 싸우는 것은 쉽지만, 화해하기란 쉽지 않잖아요.

싹싹 비는 거 말고 또 있을까요? 있다면 저한테도 좀 알려주세요!

그런데 사과의 방향이 한쪽으로만 쏠리지 않는 게 중요할 것 같아요. 저희 부부는 무조건 잘못한 사람이 사과합니다. 어찌 보면 당연한 얘기일 수 있는데, 실제로 안 그런 경우가 많더라고요. 또한 사과를 받는 입장에서도 잘못한 상대방을 벼랑 끝으로 몰고 가지 않는 게 삶의 지혜인 것 같아요. 잘못한 사람도 사실은 본인의 잘못을 아는 경우가 대부분이잖아요.

아내 분은 어떤 분이신지 소개해주실 수 있으신가요?

흠… 난처한 질문이네요. 아내의 손아귀에서 자유롭지 않는 몸이라. 솔직히 적어도, 검열되고 삭제될지 몰라요. (아내여, 남편에게 표현의 자유를 달라!)

아내는 솔직한 사람입니다. 말과 행동, 그리고 감정에 거짓이 없죠. 그녀는 대인배입니다. 회사를 때려치우겠다는 저를 응원하던, 흔치 않은 여자죠. 아내는 말이 많은 사람입니다. 미주알고주알 수다 떠는 걸 좋아하죠. 저는 주로 들어주는 입장이지만 그렇게 쉼 없이 떠드는 그녀가 정말 사랑스럽습니다.

아내는 유쾌한 사람입니다. 삶이 긍정으로 꽉 차 있어, 만나는 사람으로 하여금 흐뭇하게 만드는 매력이 있습니다. 가끔 '아무 생각 없이 저리 행복해도 되는 건가?' 하는 생각이 들 정도로요. 마지막으로 아내는 여린 사람입니다. 감정이 풍부하고, 눈물도 많은 여자죠. 때론 저로 인해 그녀 눈에서 눈물이 흐를 때가 있습니다. 그럴 때면 '내가 더 잘해야지' 하는 깊은 다짐을 합니다. 저 같은 덜덜이를 사랑하는 여자는 아내가 유일할 테니까요. 아내가 흘린 눈물이 값없이 증발되지 않도록, 더욱 그녀를 알고, 이해하며, 사랑하고자 노력하는 저 역시 좋은 남편이 아닐까 정신승리를 해봅니다.

그런데 필명이 왜 '고무라면' 인가요?

남편 주부로서 집안일을 하다가 덩그러니 놓여 있던 고무장갑과 제멋대로 뜯긴 라면 봉지가 눈에 띄었습니다. 마치 아메바 같은 단세포 생물처럼 고무와 라면을 단순히 1대 1로 조합했을 뿐입니다. 다만 이전부터 B급 향이 진하게 풍기도록 필명을 지어보고 싶은 욕심은 있었죠. 고무같이 탄력 넘치고 유연하며 부드럽고 매끈한 글, 라면같이 한결같은 맛을 내는 꼬불꼬불한 나선형의 글을 쓰고자 하는 열망이 담긴 필명이라 생각하셔도 좋습니다. (억지로 의미를 부여하는 일도 참 고역이네요)

돌이켜보건대 주부로 생활을 하다 보니 고무장갑과 라면 봉지가 눈에 딱! 띈 것이 아닐까 생각해봅니다. 평소라면 그냥 지나쳤을 텐데요. 작가 소개에 있는 '브런치' 주소(brunch.co.kr/@rhanfkaus)로 오시면, 고무라면이 꾸준히 에세이를 올리고 있습니다. 많이들 놀러와 주세요!

연상연하, 우리들의 이야기